novum pro

Andreas Finke

TASSILO

Die Launen des Lebens

novum pro

Bibliografische Information
der Deutschen Nationalbibliothek:

Die Deutsche Nationalbibliothek
verzeichnet diese Publikation in
der Deutschen Nationalbibliografie.
Detaillierte bibliografische Daten
sind im Internet über
http://www.d-nb.de abrufbar.

ISBN 978-3-99107-420-5
Lektorat: Tobias Keil
Umschlagabbildung: Andreas Finke
Umschlaggestaltung, Layout & Satz:
novum Verlag

Gedruckt in der Europäischen Union
auf umweltfreundlichem, chlor- und
säurefrei gebleichtem Papier.

www.novumverlag.com

Ein Tag im Herbst

Es waren unzählige kleine Boote, die harmonisch im Wasser beieinanderlagen und sich leicht schaukelnd berührten. Die einen in leuchtenden Farben, andere in dezenteren Tönen.

Bei manchen waren die Farben schon alt und spröde, aber man konnte noch gut ihre vergangene Pracht erahnen, wieder andere waren zum wiederholten Male überstrichen worden.

Jedes dieser Boote hatte seine eigene Geschichte, zum Teil noch frisch und jung, wahrscheinlich gut gerüstet für die zukünftigen Aufgaben. Die älteren, erprobt und zuverlässig, zum Teil aber auch bereits vernachlässigt und nur noch selten benutzt.

Es war ein wunderschöner Moment, das Leben in seiner gesamten Vielfalt im Licht der untergehenden Sonne, in all seinen Farben und Schattierungen, nochmal vorbeiziehen zu sehen.

Danke, trotz allem

Dezember 2006

Die Nachricht erschütterte Ferdinand bis ins Mark.

Es war unfassbar, aber alles deutete darauf hin, dass in dem Brief, den er gerade erhalten hatte, die Wahrheit stand!

Nicht nur die Wahrheit über das unglaubliche Verbrechen, sondern auch die unbegreifliche Erkenntnis über den Absender. Er kannte die Schrift!

Er musste jetzt sofort handeln, und zwar allein.

August 1966

Ferdinand wartete auf die Fähre zur Île de Ré. Es war ein wunderschöner Sommertag und die im Hafen liegenden Segelschiffe vermittelten tatsächlich erste Urlaubsgefühle.

Dass es ihn hierher an die französische Atlantikküste verschlagen hatte, war schon paradox. Er konnte kein Französisch und mit Englisch kam man auch kaum weiter. Gilbert, sein Vater, hatte ihn gebeten für die Firma nach La Rochelle zu fahren. Von München aus eine Weltreise, so dass er beschlossen hatte, ein paar Tage dranzuhängen und sich ein bisschen Entspannung in dieser herrlichen Umgebung zu gönnen. Gustav Rozier, ein Freund seines Vaters, hatte ihm empfohlen auf die Île de Ré zu fahren. Dann also Urlaub auf einer kleinen französischen Insel im Atlantik, auf der man ihn nicht verstehen würde. Fast ein Abenteuer!

Als er auf dem Außendeck einen Platz direkt an der Reling gefunden hatte und im Fahrtwind die leichte salzige Brise genoss, dachte er noch an die letzten Tage und die Gespräche mit Gustav.

Die Firma – Rozier, La Rochelle – war einer der führenden Tresor-Hersteller in Frankreich und damit auch schon immer das große Vorbild seines Vaters gewesen, für die eigene – Geldschrankfabrik Tassilo – in München. Rozier hatte in den letzten Jahren sein Sortiment ausgeweitet, auf Sicherheitssysteme und elektrische Alarmanlagen. Und genau das wollte man jetzt auch in München durchführen. Zuerst durch Zukauf, z. B. von Rozier, und später bei Erfolg auch durch die Produktion eigener Systeme.

Ferdinand war stolz auf das Unternehmen seines Vaters, der schon 1950 den Schritt gewagt hatte, auf einem Ruinengrundstück in München eine kleine Geldschrank-Produktion zu errichten.

Die in Gold gerahmten Schwarz-Weiß Fotos im Büro seines Vaters erinnerten immer wieder an diese Pionierleistung. Geldschrankfabrik Tassilo – war etwas hochgestapelt. Noch produzierte man jährlich eine überschaubare Anzahl, meistens Spezialanfertigungen. Durch die Ausweitung des Sortiments könnte man den Umsatz steigern und auch die Produktion zukünftig auf mehrere Beine stellen.

Die Zahlen von Rozier waren beeindruckend gewesen. Gustav war auch gerne bereit eigene Produkte zu günstigen Konditionen seinem Freund Gilbert zum Start in die neue Zukunft zur Verfügung zu stellen. Er scherzte zwar noch, dass er sich mit dem dynamischen Gespann, Gilbert und Ferdinand, hoffentlich keine zu große Konkurrenz heranzüchten möge. Aber beide wussten, dass der Markt groß genug war. Zumal Tassilo sich bis jetzt auf Süddeutschland konzentrierte.

Die Weichen waren also gestellt, aber wenn Ferdinand an die Zukunft dachte, wurde ihm fast schwindelig. Sein Vater hatte ihm kurz vor der Reise gesagt, dass er sich mit 60 langsam aus der Geschäftsführung zurückziehen möchte. Er glaube, dass Ferdinand die Verantwortung für das Unternehmen in 3–4 Jahren sicher schon alleine tragen könne:

„Ferdinand, ich möchte mit Francine einfach noch andere Dinge erleben, reisen und vielleicht auch das halbe Jahr in Pürgg verbringen. Du weißt, wie sehr deine Mutter an dem alten Bauernhaus in Österreich hängt. Ich habe 1939, auch mit 30 Jahren, die Schlosserei meines Vaters übernommen und eigentlich bis heute nur gearbeitet. Es hat aber auch viel Spaß gemacht. Vor allem in den letzten Jahren, in denen wir beide zusammen doch recht erfolgreich waren. Francine und ich haben lange über diesen Schritt nachgedacht. Als du jetzt mit der Idee kamst, neben Geldschränken auch noch andere Produkte in die Firma aufzunehmen, um die Wirtschaftlichkeit zu steigern, haben wir für uns entschieden: Du sollst spätestens 1970 übernehmen. Ferdinand, schau nicht so erstaunt, doch erst in 4 Jahren! Also ab mit dir nach Frankreich und schau dir die Zukunft unseres Unternehmens, also deine Zukunft, bei Rozier genau an! Gute Reise und grüß mir Gustav.“

Ferdinand stieg in seinen geliebten blauen Käfer, öffnete das Dach und fuhr langsam von der Fähre auf die so sehr angepriesene Île de Ré. Gustav Rozier hatte von den herrlichen Austern geschwärmt, die man an der Nord-Ostküste der Insel direkt bei den Züchtern genießen könne. Vom Weinanbau und den Salzgärten. Nicht zu vergessen der Cognac, den man auf der Insel selbst brannte und den Ferdinand unbedingt seinem Vater mit nach Hause bringen sollte. Das alles begünstigt durch das wunderbare Klima, beeinflusst vom Golfstrom und den angeblichen 2.800 Sonnenstunden im Jahr.

Die schmale Küstenstraße war gesäumt von Kiefern- und Pinienwäldern, die einen intensiven Duft verbreiteten. Dazu die leicht salzige Atlantikluft. Die Sonne, der blaue Himmel und der erfrischende Fahrtwind machten den Genuss vollkommen.

Das erste Fischerdorf „La Flott“ hatte enge Gassen. Rechts und links niedrige weiß getünchte Steinhäuser, geschmückt mit einer unendlichen Blumenpracht. Im kleinen geschützten Hafen lagen ein paar Fischerboote.

Am liebsten wäre er gleich hier geblieben. Aber Gustav hatte ihm ein Zimmer im La Paix in St. Martin de Ré gebucht. Bei seiner Lieblingswirtin.

Die Insel schien ihn gleich zu Beginn verzaubern zu wollen! Auch St. Martin begrüßte ihn mit einzigartigen Bildern. Die Straße führte durch eine anscheinend den ganzen Ort umgebende Festungsanlage und erreichte schliesslich ein zweigeteiltes Hafenbecken. Auf der einen Seite Segelboote, auf der anderen etliche Fischkutter. Rund um den Hafen Gebäude mit Bistros und Geschäften.

Er parkte direkt vor dem La Paix, das mit den kleinen roten Marquisen vor jedem Fenster sehr einladend aussah.

Begleitet von einer älteren Dame, die ihn tatsächlich auch schon erwartet hatte, brachte er seinen Koffer in ein gemütliches Zimmer im zweiten Stock. Natürlich mit Blick auf den Hafen. Gustav sei Dank. Das Fenster öffnend, genoss er den einmaligen Blick auf das bunte Treiben im Hafen und am Horizont, auf die Weite des Atlantiks. Er machte sich schnell frisch, zog andere Klamotten an und beschloss als Erstes die Insel mit dem Auto zu erforschen.

Ferdinand fuhr langsam wieder aus St. Martin heraus. Schon nach kurzer Fahrt zweigte er ab nach Loix, einem kleinen Ort mit einer alten Kirche, auf deren Vorplatz Männer aller Altersklassen Boule spielten. Wieder umgeben von diesen weißen Steinhäusern. Neben dem Bouleplatz und direkt an der Kirche sah er ein kleines Bistro, dessen Außenbereich gut besucht war.

Ein guter Platz, um den Hunger zu stillen, dachte Ferdinand, dem erst jetzt bewusst wurde, wie lange er schon nichts mehr gegessen hatte. Er parkte den Käfer direkt am Platz im Schatten der Bäume und fand einen Zweier-Tisch am Rand, mit Blick auf die Boule spielenden Einheimischen. Zwei hatten sogar Baskenmützen auf, was er total französisch fand. Er hörte die permanenten Dialoge über die jeweiligen Spielstrategien, von denen er leider kein Wort verstand.

Ein Älterer, den alle Pappi nannten, der stets begann und wohl vorlegen musste, soweit er das Spiel begriffen hatte, ging immer wieder, wenn er nicht dran war, zu einer Bank und genehmigte sich einen kleinen Pastis. Ferdinand fühlte sich in Frankreich angekommen. Es war einfach herrlich.

Eine junge Bedienung reichte ihm lächelnd die Speisekarte, natürlich auf Französisch. Er versuchte die beschriebenen Speisen zu begreifen und war glücklich das Wort Crevettes zu entdecken. Darunter konnte er sich etwas vorstellen. Er zeigte auf das Wort und bestellte noch einen Vin Blanc, das hatte er schon gelernt.

„Un Pichet?"

Er nickte und war gespannt, was es bedeuten würde. Kurz darauf servierte man ihm knuspriges Baguette, einen Teller mit 12 frischen Crevetten sowie einer Kräutermayonnaise und einen Krug kalten Weißweins. Ferdinand war begeistert und genoss das Essen und die Atmosphäre in vollen Zügen. Nach einem abschließenden Kaffee bezahlte er und verließ diesen himmlischen Platz, um seine Entdeckungsreise fortzusetzen.

Die Straße führte weiter, vorbei an Salzfeldern, auf denen Männer mit langen Stangen kleine weiße Salzpyramiden aufschichteten, dann durch Weinanbaugebiete und bald auch entlang der niedrig bewachsenen weißsandigen Dünen. Schließlich erreichte er die Nordwestspitze der Insel, die mit einem beeindruckend aussehenden Leuchtturm geschmückt war.

Der Leuchtturm „Phare de la Baleine" war bezwungen. Man hatte von hier oben einen wunderschönen Blick über die ganze Insel. Kleine Orte, Salzgärten und Austernbänke sowie der unendlich lange und breite Sandstrand im Süd-Westen. Davor die Ile de Oleron, eine weitere, ähnlich große Insel. Dazwischen, von hier oben aber leider nicht erkennbar, musste das Fort Boyard liegen. Eine zu seiner Zeit wohl uneinnehmbare Festungsanlage, die man als langgezogenen Rundbau einfach mitten ins Meer gebaut hatte. Er hatte unten im Andenkenladen schon Postkarten davon gesehen und beschloss die Geschichte dieses Bauwerkes unbedingt lesen zu müssen.

Nach einem ausgiebigen Rundgang wollte er gerade die Plattform wieder verlassen, als er von der Treppe her Frauenstimmen in Deutsch hörte:

„Ich bin kaputt, wieso gibt es hier eigentlich keinen Fahrstuhl?“ „Klappe, sonst verzähle ich mich, 240, 241 …“

Jetzt konnte er sie sehen, eine blonde junge Frau nahm die letzten Stufen und eine dunkelhaarige stöhnte hinter ihr her.

„255!“

„Es sind 257!“, rutschte es Ferdinand heraus.

„Ach wirklich? Ich dachte, wir sind hier in Frankreich“, sagte die Blonde zur Dunkelhaarigen und verschwand kichernd mit ihr hinter der Rundung des Leuchtturms.

Ganz schön frech, dachte Ferdinand belustigt und stieg die 257 Stufen wieder hinab.

***

Morgens unter den kleinen Schirmen vor dem La Paix zu sitzen, einen Café crème und ein Butter-Croissant zu genießen, war einfach großartig. Die Segelschiffe und auch die alten Fischerboote waren nur ein paar Meter von ihm entfernt, auch weil z. Zt. Flut herrschte und die Fischer so ihre Waren direkt vom Boot aus an der Kaimauer anbieten konnten. Die Unterschiede zwischen Ebbe und Flut betrugen hier innerhalb von 6 Stunden bis zu 5 m; immer wieder ein beeindruckendes Naturschauspiel.

„Hallo 257! Haben wir dich neulich auf dem Leuchtturm in die Flucht geschlagen?“

Ferdinand war kurz aufgeschreckt, verfiel dann aber sofort in ein leichtes Lachen, als er die junge blonde Frau vom Leuchtturm wiedererkannte, die sich jetzt auf den freien Stuhl an seinen Tisch setzte.

„Ich bin dauernd auf der Flucht.“

„Wer hat dich denn geärgert?“

„Wissbegierige hübsche blonde Mädchen stellen mir dauernd nach und ich dachte, hier auf der Insel bin ich endlich vor ihnen sicher!“

„Hat der Angeber auch einen Namen?“
Ihre grünen Augen leuchteten mit einer solchen Intensität, dass er vollkommen abgelenkt wurde und es verpasste, eine weitere spontane Antwort geben zu können.

„Keinen Namen? Schade, dann müssen wir wohl bei 257 bleiben, ich heiße Elena.“

„Man nennt mich Ferry.“

„Man nennt dich so, oder heißt du auch so?“

„Ferdinand!“

Sie legte sich im Stuhl zurück und blinzelte in die Sonne.

Woher kam das Gefühl, dass er plötzlich so verdammt unsicher war und gleichzeitig fasziniert und voller Spannung darauf wartete, was als Nächstes geschehen würde. Ihm saß gerade ein absoluter Traum gegenüber, der offenbar auch noch gerne mit ihm sprechen würde und er stellte sich an wie ein Idiot.

„Lass mich raten Ferdinand, du bist aus München!"

Sie hatte sich vorgebeugt und ein herausforderndes Lächeln umspielte ihren Mund. Bevor er überhaupt antworten konnte, sprang sie auf, wirbelte ihre langen Haare herum und während sie die Terrasse des Lokals verließ, rief sie:

„Heute abend um 20:00 Uhr im Les Gollandières am Bois-Plage, okay!? Eine lustige Truppe, es wird dir gefallen!"

***

Es knackte und schepperte verdächtig. Ferdinand hatte sich von seiner Wirtin ein altes Fahrrad ausgeliehen, um am Abend zum Bois-Plage zu fahren.

Der Strand lag auf der anderen Seite der Insel, war aber nur 3 km entfernt von St. Martin.

Er hatte sich bereits in die kleine Insel verliebt. Die einfache, etwas morbide Atmosphäre der Fischerorte und die endlosen Dünen auf der andren Seite der Insel mit dem herrlichen Sandstrand, der je nach Gezeiten zu stundenlangen Spaziergängen einlud. Und über allem diese wohltuende Atlantikluft.

Er freute sich auf den Abend und natürlich auch auf Elena. Hoffentlich würde sie auch wirklich da sein. Er hatte sich einiges zurechtgelegt, um diesmal besser kontern zu können. Obwohl er sie erst zweimal kurz gesehen hatte, erfasste ihn so eine Art „Lampenfieber", wenn er an ihre unwiderstehliche Einladung dachte.

Das Les Gollandières, eine Art Strandbude mit angeschlossener Discothek, aus der schon von weitem die Musik zu hören war, lag direkt vor den Dünen. Dort angekommen, wollte er erst einmal einen Blick aufs Meer werfen. Er zog seine Tennisschuhe aus und ging barfuß in dem noch warmen Sand einen schmalen Weg entlang. Der Weg stieg erst leicht an, um dann zum Strand hin immer breiter zu werden. Die Musik von der Disco wurde jetzt durch das Rauschen der Meeresbrandung ersetzt, die aber zusätzlich von einer Gitarre mit einer melancholischen Melodie begleitet wurde. Jugendliche hatten ein kleines Feuer entfacht und saßen fröhlich miteinander spaßend in einem Halbkreis davor. Da das Meer aufgrund der momentanen Flut nicht so weit entfernt war, wollte er noch ein paar Schritte am Wasser entlanglaufen. Die Sonne legte bereits die silberne Spiegelung aufs Wasser, die bis zum Horizont reichte.

„Ferdinand, Ferry, warte!"

Elena, ganz in Weiß, in einer Caprihose und einem luftigen Top, war aus dem Kreis der Jugendlichen aufgesprungen und rannte jetzt, so gut der Sand es zuließ, auf Ferdinand zu. Angestrahlt von der Abendsonne war diese blonde junge Frau sicher das Bezauberndste, was er bisher in seinem Leben gesehen hatte.

Leicht außer Atem lächelte sie ihn an, hakte sich bei ihm unter und dirigierte ihn weiter hinunter zum Meer.

„Schön, dass du gekommen bist. Hast du mich schon gesucht?"

„Nein, ich wollte erst einmal das Meer genießen!"

„Ohne mich? Das kann ja gar nicht sein! Dann begleite ich dich besser", strahlten ihn die funkelnden Augen an.

Gegen dieses lebenslustige wunderschöne Geschöpf hatte Ferdinand einfach keine Chance. Glückshormone überfielen ihn, er glühte über beide Ohren. Hatte er sich verliebt? Aber er kannte sie doch gar nicht! Vielleicht spielte Elena ja auch nur mit ihm?

Sie lehnte ihren Kopf an seine Schulter, verstärkte leicht den Druck ihres Armes und flüsterte: „Ich freue mich schon auf unseren ersten gemeinsamen Sonnenuntergang."

***

Juni 1968

Sie fuhren jetzt schon über drei Stunden. Autobahn bis Salzburg. Dann über die Landstraßen auf der von Ferdinand seit langem angepriesenen Seentour. Vorbei am Fuschelsee, dem Wolfgangsee, Bad Ischl, zum Hallstätter See. Jetzt hinauf über den Pötschenpaß Richtung Bad Aussee.

„Soll ich schieben helfen“, lachte Elena, „oder schafft dein toller Käfer das alleine?“

Der Wagen war voll beladen und tatsächlich wurde er immer langsamer. Ferdinand schaltete zurück in den zweiten Gang und schon schnurrte der Motor wieder zufrieden.

„Der schafft alles, er hat mich damals sogar über 1.000 km bis hin zu dir gebracht. Also beleidige ihn nicht“, feixte Ferdinand, zog Elena zu sich und küsste sie.

„Die Île de Ré!? Sind das wirklich erst zwei Jahre her, dass ich dich langen Lulatsch dort aufgerissen habe?“, neckte Elena zurück.

„Langer Lulatsch? 1,95 m ist ein Gardemaß, sehr schwer zu finden und so kleine Wesen wie du, mit deinen 1,70 m, haben endlich was zum Aufschauen!“

„1,72 m“, protestierte sie, „wie konnte ich nur auf so einen eingebildeten Kerl hereinfallen? Vielleicht sage ich vor dem Altar ja doch noch nein!“

„Unterstehe dich, meine Mutter hat seit vier Monaten nichts anderes im Kopf als unsere Hochzeit. Dann lieber später die Scheidung, dann haben wir sogar ein zweites Fest“, grinste Ferdinand und boxte Elena leicht in die Seite. Worauf Elena ihm um den Hals fiel, so dass Ferdinand fast die Kontrolle über den Käfer verlor und ihm ins Ohr flüsterte: „Ich liebe dich 257.“

Die Sonne tauchte die Berg- und Seen-Landschaften in die schönsten Farben. Elena hatte ihr Fenster runtergekurbelt und hielt jetzt ihren Kopf leicht in den Wind, der so mit ihren blonden Haaren zu spielen schien.

„Wie viele Kinder wollen wir eigentlich haben?“, fragte Elena, während sie sich wieder an Ferdinands Schulter kuschelte und die Füße auf das offene Fenster legte.

„Vier“, lachte Ferdinand, „mindestens!“

„Okay, du Wüstling, abgemacht, zwei Mädchen und zwei Jungen! Namen?“

„Später, dafür brauchen wir jede Menge Zeit und jetzt kommst du erst einmal unter die Haube!“

„Na gut, ich finde die Namen und du darfst zustimmen“, grinste Elena, „ meinst du, unsere Kinder sehen uns ähnlich? Hoffentlich bekommen sie deine braunen

Augen und deine braunen Locken und nicht meine langweiligen Schnittlauchhaare!"

Ferdinand legte den Arm um Elena: „Komm her, du hässliches Entlein, wir lassen uns einfach überraschen."

Kurz vor Bad Aussee zeigte Ferdinand auf das schneebedeckte Dachstein-Massiv, das man jetzt auf der rechten Seite überdeutlich sehen konnte, obwohl es sehr weit entfernt war.

„Wow, das ist ja traumhaft und da fahren wir jetzt hin?"

„Nein, da fahren wir ein anderes Mal hin, jetzt lernst du erst einmal Pürgg kennen, das Kripperl der Steiermark, eins der schönsten Bergdörfer Österreichs."

Die Landstraße schlängelte sich noch durch zahlreiche kleine Orte, bis vor ihnen ein mächtiger Berg erschien und sie nun bergab in eine beeindruckende Schlucht fuhren.

„Das ist der Grimming", sagte Ferdinand, „über 2.300 m hoch. Dieser Berg ist der Grund, warum es Pürgg überhaupt gibt. Früher ging hier die Salzstraße durch, die aber immer wieder von Schnee- und Geröll-Lawinen verschüttet wurde. Deshalb hat man schon vor vielen hundert Jahren über den gegenüberliegenden Berg einen kleinen Pass gebaut. Und so entstand auch Pürgg als sicherer Ort für die Reisenden. Anfangs wahrscheinlich auch als kleine Poststation, zum Wechseln der Pferde."

Die Straße führte jetzt immer tiefer in die Schlucht hinein, rechts und links von hochstehenden Wäldern begleitet. Dann gab es links einen Abzweig nach Pürgg.

„Das ist aber unheimlich hier", murmelte Elena, „und warum eigentlich das Kripperl?"

„Peter Rosegger ist ein berühmter österreichischer Heimatdichter und der hat den Ort so beschrieben, du wirst schon sehen!"

Nach einigen steilen Serpentinen wieder bergauf, wurde der Wald von einem Hochtal mit frisch gemähten sonnigen Bergwiesen abgelöst und die ersten Häuser wurden sichtbar. Schon am Ortseingang führte die Straße wieder bergab, vorbei an kleinen steirischen Häusern mit ausladenden Dächern, die auf strenge Winter hinwiesen. Dann wurde der Weg nach unten richtig steil und Ferdinand schaltete in den ersten Gang. Hinter Häusern, die mit roten Geranien geschmückt waren, tauchte jetzt vor ihnen der Kirchturm auf.

„Unsere Kirche, Ferdinand, schau", begeisterte sich Elena, „das ist ja wirklich ein bezaubernder kleiner Ort!"

Ferdinand fuhr auf die Kirche zu, vorbei an dem kleinen Einkaufsladen des Ortes über einen Platz, und parkte den Käfer vor einem zurückversetzten Bauernhaus mit Grundmauern aus massivem Fels. Der Rest des Hauses, bis hoch zum vorstehenden Dach, bestand aus horizontalen dunklen Holzbalken, durchbrochen von kleinen Fenstern mit grün-weiß gestrichenen Fensterläden.

Man hatte sie wohl schon lange erwartet, da augenblicklich die große schwere Holztür aufflog und Francine in einem dunkelbraunen Dirndl mit ausgebreiteten Armen auf sie zulief.

„Kinder, wo bleibt ihr denn?“

***

9. Juni 1968

Roman, Elenas Vater, eine groß gewachsene Erscheinung, den viele Damen mit Burt Lancaster verglichen, führte seine Tochter vom nahegelegenen Bauernhaus über einen kleinen ansteigenden Weg zu der Hochzeitskirche in Pürgg.

Die Pfarrkirche in dem kleinen Bergdorf wurde um das Jahr 1100 dominant auf einem steil abfallenden Felsen gebaut, so dass man die weiß verputzte Kirche mit ihrer Schindelbedachung schon weit aus dem Ennstal in der Sonne leuchten sah.

Alle Freunde und Verwandten waren gekommen und verteilten sich gerade auf die Bänke in dem romanisch-gotischen Mittelschiff der St.-Georgs-Kirche.

Ferdinand, in einem original steirischen Trachtenanzug, stand bereits vor dem Altar und wartete gespannt auf seine Elena.

Francine, Sophie, Elenas sehr attraktive Mutter, und natürlich Elena selbst hatten jetzt schon seit Tagen ein großes Geheimnis um das Hochzeitskleid gemacht. Alle drei waren zwecks Anprobe mehrere Male ganz aufgeregt zur Gschwandnerin, der berühmten Dirndelschneiderin, nach Gröbming gefahren. Und jedes Mal hatte Elena danach Ferdinand mit neuen Details auf die Folter gespannt.

Parallel zu den Kirchenglocken hörte man jetzt vom Eingangsportal her die Pürggar Blaskapelle, die zur Freude aller die Braut ankündigte. Ein sichtbar stolzer Vater brachte nun, vorbei an allen Anwesenden, Elena zum Altar.

Elena, mit ihren goldblonden Locken, geschmückt mit einer kleinen Trachtenkrone, war in Ferdinands Augen in diesem Moment die schönste Braut der Welt. Das bodenlange Hochzeitskleid, in rostfarbenem Brokat, betonte ihre schlanke Taille und das mit einer goldenen Borte verzierte Dekolleté schmückte eine einzigartige, aus weißen Perlen bestehende Trachtenkette.

Nach einleitenden Worten des Pfarrers erklang von der Orgelempore das Ave Maria, zu aller Überraschung gesungen von Francine, die schon in ihrer Jugend eine begeisterte Chorsängerin gewesen war.

Die folgende Zeremonie mit einfühlsamen und auch mahnenden Worten wurde von einzelnen mit leisem Schluchzen begleitet.

Dann kam es zum langersehnten Ja-Wort, das Elena und Ferdinand mit einem Kuss besiegelten.

Unter erneuter Orgelmusik führte der Pfarrer die Hochzeitsgesellschaft aus der Kirche heraus, die sich dann vor dem Kirchenportal sammelte. Mit den Klängen der jetzt wieder aufspielenden Musikkapelle und mit dem Blick auf das alles überragende Bergmassiv des Grimmings nahmen Elena und Ferdinand die zahlreichen Glückwünsche entgegen.

Das Wetter war wie bestellt: 25 °C, Sonne, blauer Himmel und keine einzige Wolke. Die ganze Gesellschaft bewegte sich mit fröhlichen Gesprächen langsam wieder Richtung Bauernhaus. Gilbert dirigierte alle auf die Terrasse, wo mit einer fantastischen Aussicht ins Ennstal und auf die Burg Trautenfels Champagner und kleine Snacks gereicht wurden.

Ferdinand umarmte Elenas Taille, hob sie unter allgemeinem Klatschen ein Stück in die Höhe und sah ihr, während er sich mit ihr drehte, in ihre leuchtenden grünen Augen:

„Na Madame Tassilo, wir sind jetzt verheiratet, wie fühlst du dich!?"
Elena lachte, streckte während des Drehens ihre Arme aus, ließ ihren Kopf leicht nach hinten fallen und schaute in den Himmel: „Eine wunderschöne Hochzeit 257!"

Um Aufmerksamkeit bittend, schlug Gilbert nach ca. einer Stunde mit einem Löffel an sein Glas. Er erklärte kurz das nächste Ziel und bat alle, die außerhalb des kleinen Ortes geparkt hatten, sich zu ihrem Wagen zu begeben, auf das Hochzeitsauto zu warten und dann zu folgen.

Die Jugend hatte den Käfer mit einer weißen Blumenpracht geschmückt, ihn vors Bauernhaus gefahren und übergab das offene Cabrio jetzt dem Brautpaar. Roman führte Elena zur Beifahrertür und half ihr mit ihrem Kleid beim Einsteigen. Ferdinand schwang sich in seinen Wagen, drückte dreimal die Hupe und fuhr die steile Dorfstraße hinauf. Langsam ordneten sich alle hinter dem Käfer ein und die Kolonne fuhr hupend aus dem Bergdorf hinaus, in Serpentinen in die Schlucht hinunter und dann auf die Hauptstraße in Richtung Schloss-Pichlarn.

An Schloss Trautenfels vorbei über die Enns und durch den Ort Irdning bog man in eine lange Auffahrtsallee zu einem Märchenschloss aus dem 11. Jahrhundert. Durch ein großes schmiedeeisernes Tor gelangte der Auto-Corso auf einer Umfahrung direkt vor den Eingang des Schloss-Hotels.

Nachdem sich alle unter einer uralten großen Linde vor dem Schloss wieder gesammelt hatten, begrüßte der Hoteldirektor das Brautpaar mit der Überraschung des ersten Hochzeitsgeschenks:

Für die Hochzeitsnacht bekamen Elena und Ferdinand die Fürstensuite des Schloss-Hotels!

Zahlreiche Bravo-Rufe mit lustigen Kommentaren folgten natürlich sofort: „Der richtige Rahmen für den ersten kleinen Prinzen!“ „Prinzessin!!“ „Ab sofort Alkoholverbot“, bekam natürlich die größten Lacher.

Die Hochzeitsgesellschaft wurde in den Grimming-Saal geführt, der so hieß, weil man von hier einen wunderschönen Blick auf diesen gigantischen Berg hatte. Genauso gut erkannte man das vorgelagerte Pürgg und die weiß leuchtende St-Georgs-Kirche.

Eine kleine Musikgruppe spielte Walzermusik und alle verteilten sich an der fürstlich gedeckten Tafel entsprechend ihren mit dem jeweiligen Namen versehenen Wein- und Menü-Karten.

Das Fest wurde immer fröhlicher und zwischen jedem Gang folgten die obligatorischen Reden.

Vor dem letzten Dessert, einem Altwiener Apfelstrudel, begannen die Ersten zu tanzen. Davor hatte sich Ferdinand wirklich gefürchtet. Er war zwar schon mal in einem Tanzkurs gewesen, aber eigentlich nur, weil man dort problemlos Mädels kennenlernen konnte, tanzen hatte er nicht wirklich gelernt. Und natürlich wurde er jetzt aufgefordert mit der Braut einen langsamen Walzer tanzen zu müssen. „Ich helfe dir, ich führe dich“, flüsterte Elena, während sie Ferdinand auf die Tanzfläche zog.

Nachdem das Hochzeitsmal beendet war, sammelte man sich auf der Terrasse zu Kaffee, Cognac, steirischen Schnapsspezialitäten, wie Vogelbeer und Kriecherl, und bei einzelnen Herren zu einer guten Zigarre.

Am späten Nachmittag zog die ganze Karawane wieder zurück nach Pürgg.

Die freiwillige Feuerwehr hatte die zum Bauernhaus gehörende alte Scheune zu einer gemütlichen Party-Hütte mit eigenem Tanzboden um- und ausgebaut. Die einheimische Jugend hatte das gerne gemacht, auch weil Gilbert ihnen zugestanden hatte, die Scheune für ihre zukünftigen Feuerwehrfeste dann selbst nutzen zu können.

Die Hochzeitsgesellschaft feierte also ausgelassen weiter.

In der Scheune waren auf einem massiven Holztisch alle Hochzeitsgeschenke von den Gästen abgestellt worden.

Und irgendwann im Laufe des mittlerweile feucht fröhlichen Abends kam jemand auf die Idee, dass es doch lustig wäre, wenn das Brautpaar jetzt mit allen zusammen die Geschenke anschauen würde. Das hatten sich Elena und Ferdinand allerdings anders vorgestellt.

Da aber die meisten die Idee super fanden, mussten sie sich jetzt über jedes noch so gut gemeinte Geschenk freuen. Stress!!

Mitten im gemeinsamen Auspacken wurde Elena von einer ihrer jüngeren Schwestern nach draußen gerufen.

„Was ist denn, Karin?“
„Komm bitte mal kurz raus!“
„Ferdinand, mach bitte weiter, ich bin gleich wieder da.“

Aber sie kam nicht gleich wieder. Nach 10 Minuten fragte Ferdinand in die Runde, ob jemand wisse, wo Elena so lange bleibe? Karin, die mittlerweile wieder in der Scheune war, meldete sich:

„Vielleicht entführt!?“ Ein freudiger Aufschrei ging durch die Hütte.

Ferdinand, der den Brauch kannte, aber jetzt im Moment nicht mehr daran gedacht hatte, scheuchte die beiden Trauzeugen Manfred und Rainer auf: „Ihr solltet auf Elena aufpassen, ich habe euch doch gesagt, dass die Dorfjugend versuchen wird, die Braut zu entführen und in der Steiermark müssen die Trauzeugen suchen und auslösen. Also raus mit euch, Tempo!“ Unter größtem Gelächter machten sich die beiden, nicht mehr ganz nüchtern, auf die Suche. Mitfeiernde Einheimische machten sie darauf aufmerksam, dass sie kein Auto brauchten.

Das Geschenkeauspacken wurde unterbrochen und man feierte weiter in die Nacht hinein.

Nach ca. einer Stunde waren weder die Braut noch die Trauzeugen zurück.

„Ferdinand, jetzt musst du wohl selber suchen“, ermunterten ihn die lieben Freunde.

Es gab in Pürgg eigentlich nur zwei Möglichkeiten: das steirische Gasthaus Krenn, das aber nur 200 m entfernt war, oder die alte Schwimmbad-Taverne etwas oberhalb vom Ort.

Wie vermutet, waren sie nicht im Krenn. Der Weg zum Schwimmbad dauerte ein paar Minuten und war auch recht steil. Schon von Weitem sah er Licht in der Tarverne und bald konnte er auch hören, dass dort wohl ein kleines Fest stattfand.

Er öffnete die Tür und mehrere junge Burschen, Elena und Rainer sangen Trinklieder, oder versuchten es zumindest. Elena sprang auf, turnte über ihren Nachbarn und stürzte sich lachend auf Ferdinand: „Endlich hast du mich gefunden!“

„Danke Jungs, aber jetzt muss ich sie wieder mitnehmen“ und zum Wirt gewandt sagte Ferdinand, dass er morgen zahlen komme. „He, warte“, lallte Rainer, „ich komm mit!“ und auch Manfred, der jetzt unter dem Tisch hervorschaute, gab zu bedenken, dass er auch dazugehöre: „Ferdinand, sorry, aber wir haben es nicht geschafft, die haben uns nicht gehen lassen.“

Nach lauten Protesten der Dorfjugend versuchten Ferdinand und Elena, rechts und links flankiert von schwankenden Trauzeugen, singend und lachend, wieder heil hinunter zur Hochzeitsgesellschaft zu kommen.

Um 2:00 Uhr nachts kam der VW-Schuttle Bus vom Hotel Schloss-Pichlarn, um das Brautpaar in ihre Hochzeitssuite zu bringen. Ferdinand wollte die immer noch pulsierende Party noch gar nicht verlassen. „Auch die Hochzeitsnacht ist wichtig“, zwinkerte Elena und schubste ihren Ferdinand in den Bus.

***

Die Fürsten-Suite bestand aus drei Zimmern: Der Eingangsbereich und das Kaminzimmer waren mit Blumen geschmückt. Im großzügigen Schlafbereich standen auf einem Beistelltisch, neben dem Sofa, zwei Gläser und eine gut gekühlte Flasche Dom Perignon mit den besten Grüßen vom Hotel.

Elena warf sich mit ihrem Hochzeitskleid rückwärts auf das riesige Doppelbett und Ferdinand legte sich im Trachtenanzug auf das einladende Sofa:

„Geschafft!“

„JA!“

***

Und genauso wachten sie am nächsten Morgen wieder auf!!

Nach einem ausgiebigen Frühstück im Bett und einer neuen kalten Flasche Champagner wurde die verpasste Hochzeitsnacht in der hereinscheinenden herrlichen Morgensonne nachgeholt.

Erst mittags brachte man beide wieder zurück. Schon von Weitem konnten sie die Hochzeitskirche hoch oben auf dem Berg sehen. Elena umarmte Ferdinand: „Schau, unsere Kirche, wie schön!“

Mitten im Dorf saß Manfred in einer gut gefüllten Kuhtränke direkt vor seiner Pension.

Als er Elena und Ferdinand erkannte, grüßte er, indem er euphorisch mit seinem Handtuch winkte. „Kennst du den?“, fragte Ferdinand. „Den Verrückten? Noch nie gesehen“, lachte Elena und winkte Manfred zurück.

***

März 1970

Das Geläut der Rathausuhr war ungewohnt und laut. Elena zog die Decke über den Kopf und verfluchte die Großstadt Berlin und ihren Krach. Die Balkontür stand auf und der morgendliche Lärm der Otto-Suhr-Allee verstärkte noch das Bewusstsein, nicht mehr am Ammersee zu sein.

Ferdinand drehte sich zu Elena, kuschelte sich an ihren warmen Körper und flüsterte ihr ins Ohr:

„Na, wie geht es euch beiden? Ist er schon wach?" Es kamen nur ein unwilliges Murren und der Versuch sich noch tiefer in die Bettdecke zu verkriechen. „Wach auf Kleines, du musst jetzt aufstehen, deine Oma wartet!"

Abrupt schlug Elena die Decke weg und setzte sich aufrecht ins Bett. „Wieso ER, wieder typisch diese Machonummer, es wird ein zartes kleines Mädchen, damit ich endlich in dieser Familie Verstärkung bekomme."

„Zart vielleicht, aber klein kannst du knicken, ich war schließlich auch beteiligt", konterte Ferdinand, während er seinen Kopf auf ihren Schoß legte.

„Papperlapapp, von dir soll sie nur die Locken und die braunen Augen haben, Figur und Größe gefälligst von mir! Noch 3 Monate, dann wirst du es ja sehen."

Sie gab Ferdinand einen Kuss, schob ihn sanft beiseite, schwang ihren faszinierenden Körper aus dem Bett und lief auf Zehenspitzen ins Bad. Von hinten konnte man überhaupt nicht erkennen, dass sie schwanger war, sie hatte immer noch den knackige Po und diese Traumfigur.

„Hast du dir angeschaut, welchen Grenzübergang wir nehmen sollen?“, fragte sie während des Zähneputzens.

„Da wir sogenannte BRD-Bürger sind, gibt es nur den Übergang Heinrich-Heine-Straße. Alle anderen Übergänge sind ausschließlich für West-Berliner und der Checkpoint Charlie ist für Ausländer. Du warst doch schon paarmal drüben!?“

„Nur damals mit meinen Eltern, noch vor dem Mauerbau, meine Oma kennt mich eigentlich nur als Kind. Ich bin total aufgeregt und freue mich auch die alte Bäckerei wiederzusehen. Denk bitte daran die Sachen aus dem Eisschrank herauszunehmen, dass wir sie nicht vergessen.“

„Das ist kein Eisschrank“, erwiderte Ferdinand, „das ist ein Kühlschrank. Eisschränke gab es damals bei deinem Opa in der Backstube. Da wurde noch Stangeneis zum Kühlen mit Pferdefuhrwerken angeliefert.“

„Ist schon gut Herr Professor, kümmere dich lieber um die Sachen, die wir mitnehmen müssen.“

Weil Ferdinand beruflich nach Berlin musste, hatte sich Elena kurzfristig entschlossen mitzukommen, um ihre geliebte Großmutter endlich einmal wiedersehen zu können. Ihre Mutter hatte ihr eine lange Liste von Dingen aufgeschrieben, die man in die Ostzone mitbringen durfte.

Die Tüten lagen nun alle auf dem Rücksitz des Käfers. Ansonsten hatte Ferdinand das Auto völlig leergeräumt, da Elenas Eltern gewarnt hatten, dass die Grenzkontrollen nach Ost-Berlin noch viel intensiver sein konnten als von Westdeutschland nach Berlin. Selbst bei einer alten Illustrierten, die vielleicht noch im Wagen rumlag, konnte man richtige Probleme bekommen.

Wie ein großes Loch in der bedrohlich hohen Mauer tauchte vor ihnen der Grenzübergang Heinrich-Heine-Straße auf. Nach der Passeinsicht durch die Berliner Grenzpolizei fuhren sie im Zick-Zack um mächtige Betonhindernisse herum, bis zu einer Schranke, die von einem DDR-Volkspolizisten geöffnet wurde.

„Die Pässe bitte", verlangte ein anderer VoPo, der an das Autofenster herangetreten war.

„Wohin fahren Sie?"

„Prenzlauer Berg, Metzerstr. 11, Frau Marianne Rautenberg, Großmutter meiner Frau", antwortete Ferdinand, irgendwie schon leicht eingeschüchtert, als wenn man etwas zu verbergen hätte.

„Haben Sie etwas zu verzollen?"

Ferdinand gab dem VoPo die Liste und zeigte auf die Tüten auf dem Rücksitz.

„Steigen Sie und Ihre Frau bitte aus", forderte der VoPo, der sich wirklich keine Mühe gab freundlich zu wirken.

Ferdinand musste die Tüten aus dem Auto heben, damit der VoPo die Sitzfläche der Rückbank herausnehmen konnte, natürlich ohne sie wieder einzusetzen. Dann wurde der leere Kofferraum inspiziert, die kleine Motorhaube vom Käfer geöffnet, das Handschuhfach durchsucht und der Wagen von unten mit Spiegeln ausgeleuchtet. Als Letztes griff der VoPo in die Seitentasche der Fahrertür und zog von ganz unten einen ca. 10 cm langen

Gegenstand hervor. Mit einer triumphierenden Miene hielt er das gefundene Stück Ferdinand entgegen und fragte:

„Und was ist das?“

Ferdinand, der es sofort erkannt hatte und sich ärgerte, es übersehen zu haben, nahm den Gegenstand in die Hand, drückte auf einen sichtbaren silbernen Knopf, worauf eine Messerklinge aus dem Griff heraussprang. „Ein Stilett! Das habe ich übersehen und vergessen es herauszunehmen, sorry“, antwortete Ferdinand.

Der VoPo war beim Rausspringen der Klinge leicht zurückgewichen; offenbar kannte er noch kein Stilett.

„Das ist eine Waffe, die können Sie nicht mit in die Deutsche Demokratische Republik nehmen!“ erklärte er in einem belehrenden Tonfall.

„Okay“, sagte Ferdinand, „kann ich das Messer dann heute um Mitternacht, wenn wir zurückmüssen, hier wieder abholen?“

„Nein, Waffen werden konfisziert!“, kam die kurze Zurechtweisung.

„Lass ihn doch, er freut sich doch darüber“, bemerkte Elena lächelnd mit ihrer herzerfrischenden Art, ganz plötzlich ins Geschehen einzugreifen.

Der VoPo schien wie versteinert, guckte erst Elena an, dann Ferdinand, spannte seinen ganzen Körper und befahl als oberste Instanz:

„Frau Tassilo, Sie setzen sich jetzt sofort in den Wagen, mein Kollege wird darauf achten, dass Sie ihn nicht verlassen und Sie, Herr Tassilo, folgen mir jetzt mit den Tüten Ihrer BRD-Waren."

Elena wollte gerade antworten, vermied es aber, nachdem Ferdinand ihr den Blick zuwarf, jetzt bitte einfach still zu sein. In dem Moment wurde sie auch bereits von dem anderen VoPo unmissverständlich aufgefordert, sich in den Käfer zu setzen.

Ferdinand nahm die Tüten mit all ihren Einkäufen, folgte der mausgrünen, dicklichen und maximal 1,70 m großen Uniform und verschwand mit ihr in einer naheliegenden Baracke. So eine Art Aufenthaltsraum mit einem großen Tisch und 6 Stühlen. Der Boden war mit grauem Linoleum verlegt. Es roch eigenartig nach billigem Kunststoff. An der Wand hing ein schlecht gerahmtes Bild von Walter Ulbricht.

Der VoPo entblößte seinen fast kahlen Kopf, in dem er die Kappe ablegte, nahm die Tüten, stülpte sie um, und der ganze Inhalt verteilte sich polternd auf dem Tisch. Er setzte sich, nahm das beschlagnahmte Stilett und fing an eine Schachtel nach der anderen aufzuschneiden.

Ferdinand stand wie angewurzelt neben dem Tisch und sagte kein Wort. Man hatte hier keinerlei Rechte und war der Willkür dieses Mannes ausgeliefert. Er war jetzt auch wirklich besorgt, was wohl als Nächstes passieren würde, ohne dass er sich wehren konnte. Auch weil Elena, genauso hilflos und von ihm getrennt, alleine im Auto saß.

Die ausgeschütteten Kaffeebohnen mischten sich mittlerweile mit dem weißen Waschpulver und dem aufgerissenen Zucker. Selbst die zwei Butterstücke hatte dieser Mensch bereits geviertelt.

Er überprüfte in aller Ruhe jedes Produkt, sogar das Obst drehte und wendete er.

Ferdinand erschrak richtig, als nach einer gefühlten halben Stunde plötzlich wieder das Wort an ihn gerichtet wurde:

„Es wird leider immer wieder versucht Sachen in die DDR zu schmuggeln, Herr Tassilo."

„Könnten Sie bitte meiner Frau Bescheid sagen, dass sie sich keine Sorgen machen muss; sie ist im sechsten Monat schwanger", bemühte sich Ferdinand höflich zu bleiben.

„Wir sind noch nicht fertig, Herr Tassilo", kam die süffisante Antwort, wonach dieser unerträgliche kleine Mann jede einzelne Praline mit dem Stilett in der Mitte durchschnitt.

Nach einer weiteren qualvollen Viertelstunde der Zerstörung erhob sich der VoPo, setzte seine Kappe auf, nahm die beiden Ausweise und stellte sich leicht schmunzelnd breitbeinig vor Ferdinand hin:

„Alles in Ordnung, Sie können jetzt alles wieder einpacken. Ihre Ausweise erhalten Sie dann im Büro für den Geldumtausch." Mit den Worten: „Ihrer Frau und Ihnen noch einen schönen Aufenthalt in der Deutschen Demokratischen Republik" verließ er die Baracke.

Ferdinand steckte die wenigen noch brauchbaren Dinge in eine Tüte, ließ den Rest liegen und ging mit schnellen Schritten aus der Baracke zurück Richtung Auto. Neben dem Käfer stand jetzt kein VoPo mehr.

Im gleichen Moment sprang die Beifahrertür auf und Elena rannte in Ferdinands Arme.

„Mein Gott, ich habe gedacht, die haben dich eingesperrt“, flüsterte Elena, „dieser Idiot am Auto hat einfach nicht mit mir geredet.“

„Es ist alles gut, mein Spatz“, beruhigte er sie, „komm, lass uns ins Auto setzen und hier abhauen!“ Im Auto schlang Elena erneut ihre Arme um Ferdinand und begann zu weinen.

„Ich brauche jetzt nur noch zum Umtausch, dann können wir endlich fahren. Elena, dieser Wahnsinnige hat alles ausgeschüttet, alles, was wir für deine Oma dabeihatten, hat er vernichtet. Sogar die Pralinen hat er einzeln aufgeschnitten. Bis auf das Obst kommen wir jetzt dadurch mit nichts!“

Elena löste sich aus der Umarmung, wischte sich ihre Tränen weg und schaute ihm traurig in die Augen: „Ferdinand, bitte lass uns nach Hause fahren, ich will nicht mehr in die DDR, ich will hier weg. Bitte, ich will wieder zurück in unser Leben.“

Ferdinand holte die Ausweise, drehte den Wagen und sie verliessen mit dem Hinweis, sich in der DDR nicht willkommen zu fühlen, den Grenzübergang wieder Richtung West Berlin.

Elena schaute zu Ferdinand: „Ist Dir eigentlich bewusst, wie viel Glück wir haben, nicht dort drüben eingesperrt zu sein!?“

Ferdinand legte den Arm um Elena Schulter und zog sie liebevoll zu sich: „Darüber bin ich sehr glücklich, vor allem für unsere kleine Familie und die Zukunft unserer Kinder! Nur schade, dass wir deine Oma nun nicht sehen werden.“

„Ich werde Ihr morgen alles schreiben. Sie wird es hoffentlich verstehen, aber ich fahre nie wieder in dieses Gefängnis!“ Während ihr erneut die Tränen über die Wangen liefen, versuchte sie ein leichtes Lächeln: „Ich freue mich so sehr auf Zuhause!“

***

Mai 1975

Gilbert hatte offiziell in die Käferschänke in der Prinzregentenstraße eingeladen zum:

⋆ 25-jährigen Jubiläum ⋆

Zusammen mit Ferdinand hatte er schon am Vortag mit allen Mitarbeitern ein kleines Fest in der Firma gefeiert. Aber heute wollte Gilbert, neben ein paar leitenden Mitarbeitern, auch seine ganze Familie und die engsten Freunde dabeihaben, da er auch einiges zu verkünden hatte.

Man hatte eine separate Stube angemietet, um eine gemütliche Atmosphäre für das Jubiläum zu schaffen. Gilbert saß neben Francine am Kopf der schön gedeckten Tafel. Rechts und links von ihnen Elena und Ferdinand mit den fünf und drei Jahre alten Enkeln Maximilian und Moritz.

Über der Tür zur Stube hing ein Kranz mit der Zahl 25 und dem Tassilo-Firmen-Wappen.

Nachdem alle ihren Sitzplatz gefunden hatten, stand Gilbert auf und räusperte sich:

„Sehr geehrte Mitarbeiter, liebe Freunde, liebe Familie, ich freue mich, dass ihr alle gekommen seid, um heute unser Jubiläum mit uns zu feiern. Und um harmonisch und gut gelaunt in das Fest zu starten, bitte ich alle erst mal das Essen und die Getränke zu genießen, bevor ich dann, nach dem Hauptgang, ein paar Worte an euch richten möchte. Ich hoffe, dass wir die Speisefolge so ausgesucht haben, dass jeder es genießen kann!? Für die ausgesuchten Weine übernehme ich persönlich jede Verantwortung." Ein allgemeines zustimmendes Lachen folgte.

„Guten Appetit und viel Vergnügen!"

Der Geräuschpegel stieg an und die meisten beschäftigten sich mit der Menü-Karte.

⋆ Zuerst wurde ein Scampi-Cocktail mit Toast und Butter gereicht.

⋆ Danach eine steirische Schneckensuppe.

⋆ Der Höhepunkt war dann das Kalbsrückensteak mit Zwiebelmus überbacken, mit Maiskroketten, Gänseleber, Trüffelsauce und frischem Stangenspargel!

Auch Maximilian und Moritz waren begeistert: Buchstabensuppe und Kinder-Schnitzel.

Nach dem Essen erhob sich Gilbert, in bester Stimmung, mit einem gefüllten Rotweinglas und prostete allen zu:

„Liebe Freunde, heute vor 25 Jahren hat alles in einer kleinen Scheune angefangen. Die kennt ihr von meinen Fotographien im Büro. Wir waren damals nur zu sechst und Francine hat uns jeden Mittag noch persönlich die Brotzeit gebracht.

Mit viel Fleiß, Glück und guten Freunden, die mir geholfen haben, hatten wir schon bald unseren ersten sicheren und funktionalen Tresor am Markt. Mit ausdauernder Kalt-Akquise haben wir uns dann in Bayern ausgebreitet. Einige von den ersten Modellen stehen heute noch in den Vorstandsetagen wichtiger bayerischer Unternehmen."

Gilbert drehte sich zu seinem Sohn und sagte grinsend:

„Und dann kam unser Ferdinand ins Spiel und brachte schon bald einige Unruhe ins Unternehmen.

Er wollte in Deutschland über Bayern hinaus vertreiben, mehr Tresor-Varianten und auch andere Sicherheitssysteme ins Sortiment nehmen! Ich habe ihn dann nach Frankreich zu meinem Freund Gustav geschickt." Dabei deutete er auf Gustav und seine Frau, die am anderen Ende der Tafel saßen und extra für das Fest aus La Rochelle angereist waren. „Und von da hat Ferdinand nicht nur seine Ideen mitgebracht, sondern auch noch gleich unsere geliebte Schwiegertochter, die uns schon nach kurzer Zeit die nächste Generation der Tassilos, meine zwei Enkel, geschenkt hat. Danke Elena!"

„Hoffentlich wollen sie nicht lieber Musik studieren", brachte Elena die Gesellschaft zum Lachen.

„Wie ihr alle wisst", setzte Gilbert seine Rede fort, „habe ich die Firma bereits 1970 an Ferdinand übergeben. Er hatte mich damals gebeten, noch ein paar Jahre mit an Bord zu bleiben. Doch nun wird sich einiges ändern und das soll euch Ferdinand selbst erzählen!"

Ferdinand stand auf und Maximilian, der neben ihm saß, klatschte und Moritz folgte seinem Bruder sofort, wie immer, worauf natürlich alle ins Klatschen einstimmten.

„Danke, danke, bitte noch keine Vorschusslorbeeren, wir werden sehen. Ich habe zusammen mit meinem Vater geplant, die Firma weiter auszubauen. Zum Beispiel werden wir die Sicherheitssysteme, die Tassilo zur Zeit noch zukauft, demnächst selbst produzieren. Dafür planen wir auf dem Firmengelände einen entsprechenden Neubau. Sorry Gustav, aber es muss sein!"

„Ich habe es doch damals schon gewusst", schmunzelte Gustav, „streng dich an!"

„Wir werden uns Mühe geben Gustav und sicher auch ein paar Lizenzen von dir brauchen", ergänzte Ferdinand lächelnd. „Die Firma bekommt ab nächsten Monat auch einen neuen Namen".
Er nahm ein hinter ihm stehendes längliches Schild, drehte es um und stellte es an die Wand auf einen Beistelltisch.

Tassilo Tresore & Sicherheitssysteme (TTS)

„Das Wappen muss noch ein Designer werbewirksam in den Namen einbauen."

Das allgemeine Gemurmel stoppte Ferdinand mit einer weiteren Ankündigung: „Ich habe noch etwas. Wir werden auch den Vertrieb verstärken und planen zwei Geschäftsstellen, eine in Berlin und eine in Köln. Die Gespräche über die Anmietungen laufen bereits. Das alles schaffen wir natürlich nur gemeinsam und deshalb bitte ich euch, auch weiterhin so vertrauensvoll mit uns zusammenzuarbeiten!“

An dem Applaus der anwesenden Mitarbeiter beteiligten sich jetzt auch die Freunde und ließen Gilbert und Ferdinand für die Zukunft hochleben.

„Auf die nächsten 25 Jahre!“

Als sich die allgemeine Aufregung etwas gelegt hatte, klopfte Gilbert noch mal an sein Glas:

„Elena und Ferdinand, es gibt noch eine Neuigkeit, die selbst ihr noch nicht kennt. Francine und ich haben beschlossen, im August nach Österreich umzusiedeln, in unser geliebtes Pürgg. Ihr habt das Haus am Ammersee dann für euch alleine und Platz für eine noch größere Familie!“

Elena und Ferdinand waren so perplex, dass sie beide nicht wussten, wie sie reagieren sollten.

Francine nahm Elena in den Arm: „Freut euch Kinder und genießt euer Familienleben endlich ganz allein!“

Gilbert klopfte seinem vollkommen überrumpelten Sohn lachend auf die Schulter:

„Ferdinand, die Expansion, das schaffst du locker ganz alleine und solltest du trotzdem eine Frage haben, ruf mich an!“

Gilbert gab das Zeichen für den Nachtisch, eine Krokant-Eisbombe mit heißen Himbeeren.

August 1980

Es war eine richtig schöne warme Sommernacht. Überall im Garten brannten Fackeln, bis hinunter zum Ammersee: Das große Sommerfest zu Ehren von Annas Geburt! Die Tassilo-Villa war hell erleuchtet und die Freunde feierten ausgelassen den dritten Spross von Elena und Ferdinand.

Moritz kletterte geschickt die Strickleiter hinauf zu seinem Baumhaus. Oben angekommen, zog er sie zu sich hoch, damit sein Bruder und seine zwei Freunde keine Chance hatten nachzukommen. Er schob das abnehmbare Dach zur Seite, legte sich auf die am Boden liegenden Kissen und beobachtete durch die Baumwipfel den Sternenhimmel. Er hatte hier sein eigenes Reich auf seiner eigenen Tassilo-Linde und die Sachen, bei denen die anderen ihn nicht dabeihaben wollten, interessierten ihn sowieso nicht. Die drei waren einfach zu doof. Maximilian dachte eh nur noch an Fußball, seit er im TSV Utting spielte. Moritz lehnte Fußball ab, auch weil er wusste, dass Max ihn beim Spiel immer zurechtwies, da er glaubte besser zu sein als er. Ferdinand, der das Problem von Moritz erkannte, hatte dann die Idee mit dem Baumhaus in der Linde. Moritz war stolz es gebaut zu haben, ganz alleine mit seinem Vater. Keiner hatte so was, nur er!

So wie es aussah, würde das Fest für seine Schwester wohl noch lange dauern, jedenfalls waren noch viele

Leute da. Keiner hatte bis jetzt daran gedacht ihn ins Bett zu schicken und hier oben war er auch sicher vor den vielen Tanten und Onkeln, die nur nervten und immer das Gleiche sagten: „Moritz, du bist aber groß geworden“ und „wie gefällt dir denn die Schule?“ und so einen Quatsch.

Moritz verschränkte die Arme hinter dem Kopf und suchte in den vielen Sternen die Himmelsleiter. Opa Gilbert hatte ihnen vor ein paar Tagen die Geschichte von der Tassilo-Linde erzählt. Von diesem König oder Grafen Tassilo, der vor vielen Jahrhunderten unter einer hohen Linde, ermüdet und durstig von der Jagd eingeschlafen war. Im Traum sah er dann einen Engel, der die Himmelsleiter herabstieg und kristallklares Wasser aus einer Quelle schöpfte. König Tassilo wachte auf und hörte plötzlich Wasser rauschen. Und dann fand er tatsächlich ganz in der Nähe eine Quelle. Aus Dankbarkeit hat er dort eine Kirche bauen lassen. Und weil Linden sehr, sehr alt werden, steht diese Linde wohl heute noch ganz in der Nähe vom Ammersee, in Wessobrunn.

Auf seine Frage ob dieser Tassilo ein Ur-, Ur-, Ur-, Ur-Opa war, meinte Opa-Gilbert, dass das schon zu lange her sei, um es genau herausfinden zu können, aber möglich wäre es schon!

Maximilian saß mit seinen Freunden, die mit ihren Eltern auch zum Fest gekommen waren, im Bootshaus. Georg, der schon 14 Jahre alt war, hatte Zigaretten organisiert, die sie heimlich zu rauchen versuchten. Franz, der, wie er, auch erst 10 Jahre alt war, stand an der Tür Schmiere.

„Wo ist eigentlich dein Bruder?“, fragte Georg, „der nervt ja gar nicht mehr!“

„Der sitzt bestimmt in seinem Baumhaus und ist sauer, dass wir ihn nicht mitgenommen haben."

„Moritz ist ja erst 8", hustete Franz von der Tür, nachdem er den Rauch verschluckt hatte, „der hätte wahrscheinlich nicht die Klappe gehalten."

„Wo ist das Baumhaus?", fragte Georg.

„Okay, ich zeige es euch", sagte Maximilian, zog noch einmal an der Zigarette und drückte sie dann auf dem Holzboden aus. In leicht gebückter Haltung verließen die drei das Bootshaus und schlichen auf die andere Seite des Grundstückes.

Wichtig war, dass keiner der Erwachsenen sie sah, da sonst noch jemand auf die Idee kommen konnte, dass es für die Kinder schon sehr spät sei, und der ganze Spaß wäre zu Ende.

„Moritz ist tatsächlich da, wie ich gesagt habe. Er hat die Leiter hochgezogen, schaut, sie hängt da oben an dem dicken Ast", flüsterte Maximilian, der sich mit seinen Freunden hinter einem Busch versteckt hatte. Von hier aus konnten sie, im Licht der vielen Fackeln, die Linde und das Baumhaus sehr gut sehen.

„Jetzt träumt er sicherlich wieder, er wäre König Tassilo", raunte Maximilian.

„Wieso?", wollte Franz wissen. Maximilian erzählte seinen Freunden die Geschichte von Opa Gilbert.

„Habt ihr irgendetwas Langes oder eine Harke mit langem Stiel?“, fragte Georg.

„Gute Idee“, grinste Maximilian und verschwand in Richtung Geräteschuppen. Nach ein paar Minuten kam er mit einem langen Gerät zurück, mit dem man Äste ganz oben am Baum abschneiden konnte, zumindest hatte er das beim Gärtner schon mal beobachtet.

„Perfekt“, freute sich Georg, schlich leise zu der Linde, führte die am Ende der Stange angebrachte Schere vorsichtig unter die auf dem Ast hängende Strickleiter, hob sie lautlos hoch und balancierte sie dann zu sich herunter. „Jetzt wird es lustig“, flüsterte Georg den beiden zu, „mal sehen, wie dein Bruder, König Tassilo, da wieder runterkommt?“ Er zog sein Feuerzeug aus der Hosentasche, klappte es auf, drehte am Zündrad und hielt die jetzt auflodernde Flamme an die Strickleiter.

„Bist du verrückt?“, zischte Maximilian, „mach das sofort wieder aus!“

Aber die Strickleiter hatte sofort Feuer gefangen, das sich auch noch rasend schnell nach oben ausbreitete. Georg, der selbst ein sehr verdutztes Gesicht machte, wich verschreckt von der brennenden Leiter zurück, rutschte aus und fiel hin, rappelte sich panisch wieder auf und lief hinunter zum See.

„So ein Mist“, flüsterte Franz und rannte hinter Georg her.

Maximilian, der sah, dass die Flammen schon in der Nähe des Baumhauses waren, brüllte jetzt: „Feuer, Feuer“, und rannte weinend zum Haus.

Dort hatte man das Feuer bereits entdeckt und mehrere Personen stürzten an ihm vorbei, der Linde entgegen.

Moritz stand in der kleinen Tür des Baumhauses und schrie verzweifelt nach seinen Eltern, wobei er immer wieder vor den aufflackerten Flammen zurückwich, die das Baumhaus jetzt erreicht hatten. Ein Erwachsener, der sich die Baumschere geschnappt hatte, schaffte es eine Seite der brennenden Leiter abzuschneiden und versuchte, zunächst vergebens, die andere Seite zu fassen.

In dem Moment eilte Ferdinand mit dem bereits spritzenden Gartenschlauch zu Hilfe. Sofort war der Spuk zu Ende und man hörte von allen Seiten ein erleichtertes Aufatmen. Nur Moritz weinte immer noch herzergreifend um Hilfe.

Ferdinand stellte sich unter das Baumhaus und sagte Moritz, dass er keine Angst haben müsse und einfach springen solle. Moritz, noch ca. 2 Meter über den ihm entgegengestreckten Händen, nahm all seinen Mut zusammen, sprang und landete wohlbehalten und schluchzend in den Armen seines Vaters.

***

August 1996

„Max, Mo, ich habe sie gefunden, sie stehen hinter der Ausstellungshalle, drei nagelneue Wohnmobile. Kommt schnell, einfach nur geil", lachte Vincent und rannte wieder weg.

„You can stay here with your baggage", sagte die nette junge Frau von Cruise Canada zu Ferdinand, „we will bring you the Motorhomes."

„Thank you", antwortete Elena richtig aufgeregt.

„You are welcome", lächelte die Kanadierin zurück.

Cruise Canada hatte die ganze Tassilo-Familie morgens im Century Plaza Hotel in Vancouver abgeholt, um ihnen in der Vermietungsstation die drei bestellten Wohnmobile für eine 3-wöchige Kanada-Rundreise zu übergeben.

Nach einer einstündigen Einführung und dem Papierkram sollte es nun endlich losgehen.

Wohnmobil 1 – für Ferdinand und Elena
Wohnmobil 2 – für die Geschwister Maximilian, Anna und Vincent
Wohnmobil 3 – für Moritz und Fabienne

Dem Wunsch von Elena und Ferdinand, einmal mit der ganzen Familie durch Kanada zu reisen, waren alle mit Begeisterung gefolgt.

Es gab nur eine Bedingung von den weiblichen Mitgliedern der Familie, dass man 1–2 mal in der Woche ein Hotel buchen müsste, um sich von der Wildnis und der Enge und den hygienischen Verhältnissen eines Wohnmobiles erholen zu können.

Die bisherigen 2 Tage in Vancouver waren schon überaus interessant gewesen.

Die Taxis kamen als Stretchlimousinen, wo alle acht Tassilos reinpassten.

Die Altstadt mit ihrem geschäftigen Treiben, wo sie sich mit Fahrtenmessern für die Männer, mit Walkie-Talkies für die 3 Wohnmobile und natürlich mit festen Wanderschuhen eindeckten.

Chinatown, wo sie in einem Restaurant tatsächlich quasi auf dem Fußboden gesessen hatten, umgeben von fast ausschließlich Chinesen.

Der erste Lobster, zumindest für die meisten in der Familie, in einem Restaurant, hoch über Vancouver auf einer Klippe, zu dem man mit einem Boot gefahren war.

Und dann der Ausflug zum Crouse Mountain. Sie waren nur kurz mit dem Linienbus durch die Stadt gefahren, dann umgestiegen in die Super-Skyride-Gondel und schon standen alle auf dem 1.231 m hohen Gipfel mit einem fantastischen Blick auf Vancouver und den Pazifischen Ozean.

Eine freundliche quirlige Stadt, direkt am Meer mit hohen Bergen und mit Menschen aus aller Welt, aus den unterschiedlichsten Kulturkreisen und Religionen, die offenbar friedlich und ohne große Probleme hier miteinander lebten, ganz nach dem, auch erst in Kanada entdeckten Motto:

„You are welcome!“

Aber nun setzten sich die 3 Wohnmobile in Bewegung. Das Abenteuer konnte beginnen!

Am Abend vorher hatten alle die Karten von Kanada studiert und sich über die möglichen Fahrtrouten ausgetauscht. Vincent wollte unbedingt auch nach Lake Louis. Er kannte den Ort zwar nur von den Ski-Übertragungen im Fernsehen, aber da die Rocky Mountains für alle ein Wunsch waren, wurde Lake Luise als großes Ziel festgelegt.

Die erste Aktion war die Proviantaufnahme. Kurz hinter der Vermietungsstation war ein riesiges Einkaufszentrum. Die Auswahl sprengte alle Vorstellungen und nach ca. 1 Stunde wurden die drei prall gefüllten Einkaufswagen auf die Wohnmobile verteilt.

Der Tag führte durch Summerland und Peachland, fruchtbare weite Ebenen, entlang des unbegreiflichen langen Okanagan Lake. Die Walkie-Talkies funktionierten perfekt, so dass reger Funkkontakt zwischen den Wohnmobilen bestand, da jeder irgendetwas Grandioses entdeckte und es den Anderen sofort mitteilen musste.

Herrliches Wetter, Sonne, 26 °C. Bei den Stopps an den Seen, meistens ziemlich alleine an vorbereiteten Plätzen mit entsprechenden Bänken und Tischen, wurden die aktuellen Erfahrungen mit den Wohnmobilen gegenseitig präsentiert. Die Stimmung war perfekt und Elena und Ferdinand genossen ihre so freudig erregte Familie.

Am späten Nachmittag wurde dann ein Provincial Park angefahren. Die Vermietungsstation hatte geraten dort zu halten, wenn man nicht, wie in Europa auf den Campingplätzen, dicht an dicht neben anderen stehen wollte.

Vor ihnen tauchte ein großes hölzernes Durchfahrtstor auf, dass sie willkommen hieß. Dahinter war nur Wald. Rechts und links von der breiten Forststraße tauchten Waldschneisen auf, mit Picknick-Tischen und aufgeschichtetem Feuerholz. Vereinzelt sahen sie Wohnmobile, die hier mitten im Wald parkten. Nach ein paar 100 Metern entdeckten sie eine Lichtung, die so groß war, dass alle drei Autos in einem Halbkreis um die Feuerstelle ausreichend Platz fanden. Das erste Mal in der Wildnis übernachten, mitten im Wald und weit und breit kein Mensch, zumindest hatten sie noch keinen gesehen.

Vincent sprang begeistert aus dem Wagen. „Kann ich bitte das Lagerfeuer machen!?“, freute er sich schon auf dem Weg zum Feuerplatz. „Dahinten ist auch ein Eisengrill“, rief Anna ihm hinterher. „Super, dann machen wir heute gleich mal die New York-Steaks“, schlug Fabienne vor. „Ein genialer Platz zum Übernachten“, bemerkte Maximilian, während er bereits mit der ersten Bierdose die Umgebung inspizierte.

In dem Moment fuhr ein Pick-up vor, dem ein gut gelaunter Ranger entstieg. „Hello girls and boys, you are welcome, my name is Bruce.“ Nachdem er jedem die Hand geschüttelt hatte, breitete er auf dem großen Tisch eine Karte vom Provincial Park aus.

Er erklärte, wie der Park strukturiert war, wo man noch Holz finden konnte, falls das Vorhandene nicht reichen sollte, wo die Pump-Station war zum Leeren oder Auffüllen der Tanks und er gab ein paar Tipps zu der Umgebung für den nächsten Tag. Dann kassierte er von Ferdinand 10 Dollar pro Motorhome, wünschte einen schönen Abend und fuhr wieder davon.

Elena, Anna und Fabienne bereiteten das Essen vor, die Getränke waren gut gekühlt und Moritz und Vincent wetteiferten um den Titel des besten Grillmeisters. Alle hatten warme Pullover angezogen, da es jetzt gegen Abend doch etwas frisch wurde, und saßen nun gemeinsam um ihren rustikalen Holztisch herum, neben dem ordentlich lodernden Feuer. Überall im Wald flackerten jetzt weitere Lagerfeuer auf und man sah, dass sie nicht alleine waren. Ein herrliches Gefühl, in der fast unberührten Natur zu sein, mitten im Wald und wenn man hoch zu den Baumkronen schaute, dann funkelten sogar ein paar Sterne durch das Blätterwerk.

Maximilian nahm sein Glas, lächelte in Richtung von Elena und Ferdinand und bedankte sich für die tolle Idee, die Reise durch Kanada zusammen mit der ganzen Familie erleben zu wollen. Alle stimmten mit ein und ließen die Eltern hochleben.

Während die ganze Familie sich nun über die möglichen Sehenswürdigkeiten der nächsten Tage und Wochen austauschte, ließ Ferdinand den Blick auf seinen Kindern verweilen.

Maximilian und Moritz: beide schon an seiner Seite im Unternehmen, die Hünen der Familie, noch etwas größer als er selbst und tatsächlich beide mit eindrucksvollen dunkelbraunen Locken. So wie Elena es sich immer gewünscht hatte, bei Maximilian etwas länger und wilder als bei Moritz. Maximilian war der Lockerere, Moritz hingegen stieg immer in jedes Detail ein, bis er alles genau verstanden hatte. Für die Firma ein wirklich perfektes Duo. Maximilian mit seinen 26 Jahren noch völlig ungebunden, der zwei Jahre jüngere Moritz bereits seit einem Jahr glücklich verheiratet mit der hübschen zierlichen Fabienne.

Anna: bei der er sich oft erschreckte, wie sehr sie Elena glich, schlank, sportlich und für ein Mädchen erfreulicher Weise nicht so groß wie ihre Brüder. Nur mit den Locken, das hatte nicht funktioniert, stattdessen besaß sie genau wie ihre Mutter goldblonde Haare, die ihr bis zur Taille reichten und die jungen Männer in ihrer Umgebung oft nervös werden ließ.

Aber das wusste sie auch und schien es sehr zu genießen. Sie war jetzt 16 und wollte unbedingt ein Praktikum in einer Werbeagentur machen, um später auf die Hochschule der Künste in Berlin gehen zu können. Ferdinand hatte zwar gehofft, dass auch sie mal Betriebswirtschaft studieren würde, aber Elena hatte ihn davon überzeugt, dass zwei Kinder in der Firma wohl reichen.

Und Vincent: der gerade alle wieder zum Lachen brachte und unendlich viele Interessen hatte, meistens im Sport, aber seltener in der Schule.

Mit seinen nun 13 Jahren kämpfte er gerade im Gymnasium um seine Versetzung, eine vollkommen sinnlose Qual, wie er immer wieder betonte, da er eh Fußballprofi werden würde.

Ferdinand nahm Elena, die ihn angestupst hatte, weil er sich gar nicht mehr an den Gesprächen beteiligte, in den Arm und küsste sie auf die Wange und flüsterte ihr ins Ohr: „Ich liebe dich und danke für diese prachtvolle Familie." Elena schaute ihn mit ihren im Feuerschein immer noch funkelnden grünen Augen schmunzelnd an, „Ich liebe dich auch 257" und kuschelte sich lächelnd noch fester an seine Schulter.

***

Nach 4 Tagen Wildnis war es endlich so weit. Zumindest die weiblichen Familienmitglieder sehnten sich nach dem geplanten ersten 2-tägigen Hotelaufenthalt.

Nicht dass wirklich etwas gefehlt hätte bisher in der Natur. Die einzigartigen Erlebnisse auf dem Weg durch die Rocky Mountains, z. B. im Mount Revelstoke National Park oder im Clacier National Park mit seinem Illecillewaet Campground, den zahmen Murmeltieren und dem reißenden Wildbach, oder dem Roger Pass, bis hin zum Yoho National Park mit dem romantischen Emerald Lake, waren einfach gigantisch gewesen und die Motorhomes hatten sich als wirklich komfortabel erwiesen.

Aber jetzt freuten sie sich, inmitten dieser kanadischen Wälder, auf das Leben in einer Kleinstadt wie das vor ihnen liegende Banff.

Die drei in Kolonne fahrenden Wohnmobile erreichten die Auffahrt zum Banff Spring Hotel.

Ein ehemaliges Eisenbahnhotel der Canadian Pacific Railway, das bereits 1888 erbaut wurde, 1926 abbrannte und 1928 dominant, mit über 700 Zimmern im schottischen Burgenstil wieder neu errichtet worden war. Es lag mitten im Wald, mit Blick auf den über 2.400 m hohen Sulphur Mountain, umgeben von einem Golfplatz, der entlang des silberglänzenden Bow-Rivers angelegt war. Beeindruckend!

Wie überall in Kanada war alles sehr großzügig gestaltet, so dass man wie selbstverständlich die drei Motorhomes vor dem Haupteingang parken konnte, eingewiesen von mit Schottenröcken gekleidetem Hotelpersonal.

In dem Ankunftsbereich des Hotels angekommen, mussten sich alle, nicht nur wegen der fehlenden frischen Waldluft, erst mal wieder auf die schon fast vergessenen Zustände und Regeln der Zivilisation einstellen.

Ferdinand reihte sich vor der Rezeption hinter ein paar Asiaten ein, um dann, nach einer gefühlten Ewigkeit, der Familie die Zimmerschlüssel übergeben zu können.

Man verabredete sich für 18:00 Uhr zum Abendessen im Hotel. Bis dahin konnte jeder einfach mal machen, wozu er Lust hatte.

Ab 17:00 Uhr liefen die Hoteltelefone innerhalb der Familie heiß!

Das Hotel hatte tatsächlich 9 Restaurants. Nach ausgiebigem Informationsaustausch über die unterschiedlichen Essensgelüste, einigen Umwegen durch die Hotelfluchten und etlichen Fahrstuhlfahrten versammelte sich dann endlich die gesamte Familie um einen schön gedeckten runden Holztisch. Mann hatte sich für ein rustikales Programm entschieden.

Nachdem das Essen bestellt war, ergriff Moritz das Wort: „Na die Damen, wie gefällt euch euer Hotel?"

„Wie meinst du das?", fragte Anna.

„Keiner muss mehr Feuer machen oder den Grill bedienen, hier duftet es nicht nach Wald und Wiesen, sondern nach Essen, alten Möbeln und dicken Teppichen, und wir müssen uns abends auch keine Pullover mehr anziehen, um am Lagerfeuer den Sternenhimmel betrachten zu können!"

Leichtes Grinsen bei allen und jeder ließ den Blick durch den sich weiter füllenden Gastraum schweifen.

„Ich habe eigentlich im Wohnmobil nichts vermisst", schmunzelte Elena, „und die Provincial Parks haben irgendwie auch mehr Spaß gemacht!"

„Müssen wir denn zwei Nächte in diesem Kasten bleiben?", fragte Vincent.

„Ich glaub es einfach nicht", lachte Ferdinand, „wie schnell man seine Meinung ändern kann, aber ihr habt völlig Recht, okay, wir stimmen ab: Wer will morgen wieder in der Natur übernachten?"

Sieben Hände reckten sich nach oben und ein fröhliches Gelächter setzte ein, man klatschte sich gegenseitig ab und genoss den Abend in vollen Zügen, in dem

Wissen, dieses tolle Hotel morgen wieder verlassen zu können.

***

Nach einem ausgedehnten Shopping-Bummel durch Banff erreichte man am nächsten Nachmittag Lake Louise. Die Gletscher der Rockys reichten hier bis in die azurfarbenen Seen.

Die Tassilos waren in der Schatzkammer der Natur angekommen!

An dem etwas oberhalb vom Lake Louise gelegenen Moraine Lake wurden Indianer-Kanus gemietet, mit denen alle, mit Schwimmwesten versehen, in dem nur 3 °C kalten Wasser bis zu den Gletschern paddeln konnten.

Die Tage vergingen, man reiste entlang der Rocky Mountains auf dem Highway 93, vorbei am Columbia Icefield, vielen Seen und immer neuen Bergmassiven bis Jasper, durchquerte den Mount Robsen Park und gelangte schließlich zum Wells Gray Provincial Park. Die drei Motorhomes verließen den Highway 5 und fuhren die letzten 1,5 Stunden auf Schotterpisten immer weiter in eine offenbar unberührte Natur hinein. Es gab keine Häuser mehr, keine Telegrafen- oder Strommasten, nur noch Laub- und Nadelwälder.

Der Campground lag direkt am Clearwater Lake. Die Organisation war auch hier, am Ende der Welt, wie immer perfekt. Die Wagen wurden wieder im Halbkreis aufgestellt, in dessen Mitte der Tisch und der Grillplatz platziert waren, natürlich das Ganze mit Blick auf den See.

Am nächsten Morgen bestieg die Familie, mit Ausnahme von Anna, die etwas kränkelte, eine kleine Bootsfähre, welche sie entlang des Clearwater Lakes über den Azur Lake bis zu den Rainbow-Falls brachte. Auf der langen Fahrt sah man überall zwischen den Wäldern Wasserfälle von den umliegenden Bergen sich in den See ergießen und ab und zu an den Ufern auch Zelte mit davor liegenden Kanus. Auch diese kleinen Campgrounds, hier mitten in der totalen Wildnis, wurden, wie man uns sagte, von den Rangern immer wieder mit dem notwendigen Feuerholz versorgt. In den Zelten mussten Abenteurer der besonderen Art sein, die vollkommen auf sich selbst gestellt waren und vor allem in der Nacht wohl stets auch mit dem Besuch von Bären rechnen durften.

An den Rainbow-Falls angekommen, waren die Bäume alle, bis in die Spitzen, mit dickem grünem Moos bewachsen. Die gigantischen Wasserfälle, der helle Sandstrand und das türkisfarbene Wasser des Sees waren irgendwie nicht von dieser Welt. Es war wie in einem Märchen. Wenn die Rockys bei Lake Louise die Schatzkammer der Natur gewesen waren, dann war man jetzt im Paradies!

Als sie zu ihrem Campground zurückkamen, wartete Anna schon winkend am Anlegesteg, neben ihr ein großer durchtrainierter Bursche.

„Da seid ihr ja endlich wieder, ich musste mich schon mit den einheimischen Kanadiern beschäftigen, um hier nicht so lange allein zu sein“, lachte sie ihren Begleiter an, „darf ich vorstellen: James aus Vancouver, er hat mir hier alles gezeigt und nimmt mich morgen mit zum Lachsfang.“

Vincent war sofort zur Stelle, klopfte James auf die Schulter und sagte: „Hey James, Anna is my sister and you must take me with you for Lachs-Fisching, okay!?“ Alle lachten und James lud die ganze Familie ein, da es ein fantastisches Schauspiel sein würde.

Am nächsten Morgen trafen sie sich am Clearwater River an der Stelle, wo vom See ein 10 m hoher Wasserfall in den Fluss stürzte.

Es ist bekannt, dass die Lachse zur Laichzeit immer wieder dahin zurückschwimmen, wo sie selbst geboren wurden. Und das war genau hier! Hunderte von Lachsen schwammen gegen die reißende Strömung stromaufwärts. Aber der Wasserfall war einfach zu hoch. Das hieß, sie waren am Ziel.

Auf einigen, unterhalb des Wasserfalls im Fluss liegenden Felsen standen bereits die ersten Lachsfischer. Sie warfen die Angeln in Richtung Wasserfall und mussten sie, aufgrund der starken Strömung, nach nur ein paar Sekunden wieder einholen, um den Vorgang wiederholen zu können.

Ein sehr anstrengender Sport.

„Womit wird hier eigentlich geködert?“, fragte Maximilian James, der gerade seine Angelausrüstung zurechtlegte.

Da keiner so schnell dem kanadischen Englisch folgen konnte, übersetzte Anna, die dank ihrer Leistungskurse im Gymnasium, im Englischen fast schon perfekt war:

„Die Lachse haben nur noch den Instinkt, ihre Laich ans Ziel zu bringen, d. h., sie würden auf normale Köder nicht reagieren, da sie nichts mehr fressen. Aber wenn Fischeier von anderen Lachsen an ihnen vorbeischwimmen, dann versuchen sie sie aufzunehmen, um die Eier wieder mit nach oben zu schaffen. Deshalb fischt man mit kleinen Netzködern, die mit Lachseiern gefüllt sind."

Stundenlang saß ein Großteil der Familie am Rand des Wasserfalls und schaute fasziniert dem Spektakel zu. Manchmal hatte der eine oder andere Glück und holte tatsächlich einen Lachs heraus, mächtige und bis zu einem Meter große Exemplare.

Auch James gelang endlich ein Fang, der abends dann ausgiebig um das Lagerfeuer herum mit Musik und ausreichend kanadischem Bier gefeiert wurde.

***

Am Ende der Reise setzte man noch mal mit einer Fähre nach Vancouver Island über, besichtigte Viktoria und übernachtete ein letztes Mal unter freiem Himmel an der French Beach, direkt an der Pazifikküste.

Die Motorhomes standen unter hohen Kiefern auf weißem Dünensand. Überall am menschenleeren Strand lagen riesige Reste von Mammutbäumen herum. Vincent und Maximilian verwandelten mit Tüchern und Decken diese riesigen Wurzelgebilde in Schatten spendende Plätze für die ganze Familie. Hier, auf Vancouver Island, war es viel wärmer als in den Rockys. Auch das Meer war noch nicht zu kalt, sondern sogar angenehm erfrischend.

So verbrachte die Familie noch 2 Tage Badeferien am Pazifik, mit vorbeiziehenden Walen, die mit ihren Wasserfontänen grüßten, und mit neugierigen Seelöwen, die ständig vor dem Strand hin und her schwammen.

Der perfekte Abschluss eines einzigartigen Urlaubs!

***

Mai 2006

Ferdinand wurde von den ersten Sonnenstrahlen und dem Vogelgezwitscher geweckt. Das Fenster stand weit offen und von seinem Bett aus konnte man jetzt die herrliche Frühlingssonne über dem Ostufer sehen. Es war erst 6.30 Uhr, aber das war genau die Zeit, die er liebte. Im Haus war es noch absolut still. Er zog schnell seine Sportsachen über und versuchte so leise wie möglich die alte knarrende Holztreppe hinunterzugehen. Lief durch die große Küche, die auch schon ins Sonnenlicht getaucht war, und öffnete die Verandatür. Der Blick über die Wiese bis hin zum Steg und über den See war wie so oft einer dieser Glücksmomente, den er heute bewusst in sich aufnahm. Er überquerte barfuß die Wiese bis zum Steg, die Sportschuhe in der Hand und setzte sich in den alten Strandkorb mit Blick auf den Ammersee. Er lehnte sich zurück und ließ für ein paar Minuten die einzigartige Schönheit der Natur auf sich wirken. Dann zog er die Schuhe an und ging ins Bootshaus, um sein Lieblingsgerät, den Einer-Skiff, herauszuholen.

Der See war noch sehr ruhig. Ferdinand ruderte am Westufer entlang in Richtung Norden.

Die Berge waren heute schon gut zu sehen und diese wunderschöne Atmosphäre hätte ihn fast den aktuellen Streit seiner Söhne vergessen lassen.

In alter Tradition hatte er 2004 das Unternehmen an Maximilian und Moritz übergeben. Maximilian hatte die Leitung der Zentrale in München übernommen.

Moritz, seit nun schon neun Jahren stolzer Vater vom ersten Enkel Matheo, hatte die Betreuung und den weiteren Ausbau der Filialen übernommen.

Für Anna wurde 2003 noch die Filiale in Vancouver aufgebaut. Sie hatte tatsächlich ihr Studium in Berlin aufgegeben und James Monroe 2002 in Kanada geheiratet und die beiden hatten beschlossen dort zu bleiben. Ein Glücksfall für die Firma; Nordamerika war ein gigantischer Markt und James entwickelte sich schnell zu einem tüchtigen Geschäftspartner.

Vincent, kurz vor Ende seines Studiums, kümmerte sich mehr um den Segelsport und die permanent wechselnden Freundinnen.

Was die Firma betraf, so war die Ausweitung der Produktpalette der TTS, und zwar ausschließlich aus eigener Produktion, ein voller und anhaltender Erfolg. Dass der Name Tassilo für Qualität und Zuverlässigkeit stand, war auch dem flächendeckenden Service-Netz zu verdanken. Die dafür aufgebauten Produkt- und Servicefilialen waren der Schlüssel zum Erfolg gewesen. Nachdem nun Vancouver nach 3 Jahren Investition die ersten positiven Zahlen meldete, wollte Moritz jetzt seinen Plan umsetzen, in China eine Filiale und einen zweiten Produktionsstandort zu gründen. Moritz hatte intensive Untersuchungen für den asiatischen Markt erstellen lassen und aktuell einen seiner Meinung nach guten Produktionsstandort gefunden.

Er war sich sicher, dass in Asien und speziell in China der Bedarf für die Tassilo-Produkte weiter stark wachsen würde. Man könnte so kostengünstiger produzieren und würde zusätzlich die hohen Transportkosten sparen.

Maximilian, der die Aktivitäten von Moritz bzgl. China zwar kannte, sie aber nie ernst genommen hatte, hielt von der Idee und dem Vorhaben nichts!

„China ist zu unsicher für eine so große Investition. In unserem Sinne ist China kein Rechtsstaat. Niemand weiß, wie lang der Boom noch anhält. Auch können wir den Qualitätsstandard unserer Produkte dort nicht aufrechterhalten. Und außerdem kommt eine Investition von € 20 Mio. für die Firma zurzeit nicht in Frage!“

Moritz hielt dem entgegen:

„Die Investition wird über das deutsche Außenhandels-Ministerium positiv begleitet. Wir haben auch bereits eine sehr gute Finanzierung. Die Eigenkapital-Belastung für die Firma ist gering und die Investition rechnet sich schon nach drei bis vier Jahren. Und die Qualitätsprüfung erfolgt in China sogar durch anerkannte deutsche Prüfsiegel!“

Der Streit eskalierte und Moritz bestand zum Schluss auf eine Analyse der aktuellen Geschäftszahlen. Anschließend wollte er dann mit der ganzen Familie eine Grundsatzentscheidung herbeiführen. Maximilian hatte dem Vorgehen zugestimmt, aber gebeten die Analyse der Zahlen und die Zusammenkunft mit dem Familienrat auf Ende Juni zu verschieben: „Wie ihr wisst, muss ich nach Lanzarote, um das neue Segelschiff zu übernehmen. Ich kann den Termin nicht verschieben, weil das Boot schon geliefert wurde. Das liegt jetzt irgendwo im Hafen. Der Schiffsbauer drängt darauf, dass wir es endlich übernehmen, damit er sein Geld bekommt. Und dann kümmere ich mich noch um den richtigen Liegeplatz."

„Okay", stimmte Moritz zu, der keine Lust hatte den Streit fortzuführen, „ich flieg mit dir mit, Bruderherz! Eine Woche zusammen das neue Schiff auszuprobieren, ist eine richtig gute Idee. Wie in früheren Zeiten! Ich hole mir die aktuellen Zahlen aus der Buchhaltung und dann haben wir einige Tage Zeit, alles in Ruhe zu besprechen."

„Perfekt Mo, so machen wir das!", hatte Maximilian dann eingewilligt.

Ferdinand hatte von seinem Vater gelernt, dass es gut war Verantwortung zu übertragen. Das hatte er getan. Maximilian und Moritz waren in der Firma gleichberechtigt und wer von beiden Recht hatte, konnte auch er nicht sagen. Ob diese Investition in China wirtschaftlich sinnvoll ist, das würde erst in der Zukunft beantwortet werden. Er war allerdings besorgt, was bei dem beabsichtigten Familienrat rauskommen konnte. Solche maßgeblichen Entscheidungen sollten seine beiden Söhne selbst treffen.

Ferdinand beschleunigte jetzt die Fahrt mit kräftigen Ruderschlägen. Man würde sich schon auf den richtigen Weg einigen, beruhigte er sich und beschloss, für den Rest seiner Bootstour die Natur zu genießen.

***

Juni 2006

Moritz konnte es gar nicht erwarten, dass die Maschine endlich in Arrecife auf Lanzarote landete.

Nicht weil er urlaubsreif war oder aus Vorfreude auf den Segeltörn mit seinem Bruder, sondern weil er nun seit Stunden im Flugzeug versucht hatte, das umfangreiche Zahlenmaterial der Firma zu verstehen. Es gab große Abweichungen zu den Vorjahreszahlen, ohne erkennbaren Grund. Die Auftragseingänge waren weiter gestiegen und größere Investitionen hatte man seit Vancouver nicht mehr durchgeführt. Und trotzdem war das Eigenkapital der Firma stark gesunken. Es waren Entnahmen und Umbuchungen in Millionenhöhe getätigt worden. Warum? Er musste jetzt so schnell wie möglich mit Maximilian sprechen. Max war schon vor einer Woche auf die Insel geflogen, um alles Organisatorische rund um das neue Schiff in Ruhe durchführen zu können.

Die Fahrt über die Insel zur neuen Marina Rubicon, bei Playa Blanca, konnte er gar nicht genießen, zu sehr war er über die aktuellen Tassilo-Zahlen beunruhigt. Moritz hatte sich gleich vom Hafenmeister den Weg zum Liegeplatz zeigen lassen. Max und er wollten die Tage auf dem Schiff bleiben. Blauer Himmel, 25 °C und ein leichter stetiger Wind versprachen wunderschöne Segeltage.

Und da lag sie, eine Bavaria Cruiser, ein 15 m Traum, eigentlich zwei Nummern zu groß, aber beim Segeln war

Maximilian der Chef in der Familie und hatte sich auch ohne großen Widerstand durchgesetzt. Da Max nicht da war, wollte Moritz gerade mit der Besichtigung des neuen Schiffes beginnen, als er ihn schon rufen hörte:

„He Bruderherz, na, was sagst du?"

Max, mit seinen 1,98 m, der athletischen Figur und seiner tiefen Stimme, war genau der Kapitän, den man hier erwartete!

„Hallo du Wahnsinniger, wenn sie so gut segelt, wie sie aussieht, dann hast du wieder alles richtig gemacht", begrüßte ihn Moritz.

„Ich war noch nicht draußen, wir werden die Bavaria heute zusammen einweihen, aber zuerst gibt es ein Glas ‚Brause' zur Feier des Tages."

Er stieg an Bord, umarmte seinen Bruder, ging kurz unter Deck und kam mit einer eiskalten Flasche Champagner und 3 Gläsern wieder hoch. In dem Moment hörte Moritz ein fröhliches: „Holla".

„Ach ja, Mo, darf ich dir Corazon vorstellen. Sie spricht kein Deutsch, aber etwas Englisch und wird uns heute begleiten." Er half Corazon aufs Boot und gab ihr einen sehr freundschaftlichen Kuss.

„Du weißt, dass wir wichtige Themen haben, die wir in wirklicher Ruhe besprechen sollten", raunte Moritz seinem Bruder zu, während er der wirklich hübschen Spanierin zulächelte.

„Nur für heute Mo, ich habe sie gestern bei Estefan kennengelernt und konnte einfach nicht widerstehen, allein der Name und diese Figur! Komm, lass uns raus aufs Meer und diesen herrlichen Tag genießen. Für den Rest haben wir noch Zeit genug!“

***

Moritz wachte mit einem gehörigen Kater auf. Sie hatten noch bis in den Abend hinein auf dem Schiff gefeiert. Die Bavaria hatte sich als der Traum erwiesen, den vor allem Maximilian vorhergesagt hatte.

Maximilian schnarchte unüberhörbar und Moritz ging davon aus, dass auch Corazon bei ihm war. Die beiden waren in der Nacht noch in irgendeine Hafenkneipe verschwunden. Die Tür zu Max' Koje stand offen und Moritz konnte sehen, wie der „Arme“ ganz alleine, in den Klamotten von gestern, quer in seinem Bett lag.

Moritz nahm eine Flasche Wasser aus dem Kühlschrank und stolperte an Deck, wo er von der bereits hochstehenden Sonne begrüßt wurde. Er suchte sich einen halbwegs schattigen Platz und genoss die Hafenatmosphäre an der frischen Luft. Ein kaum hörbares, schnarrendes und leicht verzweifeltes „Mo“ riss ihn aus seiner Zufriedenheit.

„Mo, wo bist du?“

„Hier oben, du Schnarchmonster!“

Schwarze Locken, eingerahmt von einem 5 Tage-Bart, suchten mit fast geschlossenen Augen das Deck ab, um gleich wieder mit einem verzweifelten Stöhnen zu verschwinden.

„Komm jetzt Max, wir wollen lossegeln!“

„Später, Mo, später!“

***

Kurz nach Mittag setzten sie endlich die Segel, um dann vor der Küste zu kreuzen. Das Segeln machte so eine Freude; die Sonne, der Wind, der Duft des Meeres, dass Moritz richtig aufschreckte, als er sich erinnerte, warum er eigentlich hier war.

Sein Bruder, der ihm sonnengebräunt und voller Lebensfreude gegenübersaß, wollte sein China-Projekt kippen!

Und dann die Fragen und die Ungereimtheiten zur Firma, die ihn im Flieger nach Lanzarote noch sehr nervös gemacht hatten. Er hatte das alles tatsächlich vollkommen verdrängt. Jetzt war alles wieder da und er musste das Thema endlich zur Sprache bringen!

„Maximilian, vergiss nicht, dass wir heute Abend über die Firma und China sprechen müssen, auch wenn das alles hier noch so viel Spaß macht.“

„Klar Mo, ich habe auch die für unseren Segeltörn ausgesuchte Verpflegung gebunkert, so dass wir dazu sogar besten Käse und Rotwein haben. Wir suchen uns nachher eine kleine Bucht zum Ankern! Aber Mo, warum willst du überhaupt nach China, es läuft doch alles im Moment perfekt!"

„Max, wir können und dürfen uns nicht auf dem jetzigen Erfolg ausruhen. Die Chinesen kommen morgen mit den in Europa und USA kopierten Produkten zu Dumpingpreisen auf unseren Markt. Wenn wir jetzt nicht handeln und die Vorteile in China für uns selbst nutzen, dann haben wir bald größte Probleme!"

„Aber die können doch mit unserer Qualität gar nicht mithalten. Kein vernünftiger Kunde kauft beim Thema Sicherheit zweitklassige Ware!"

„Max, die Chinesen sind ein kluges Volk und verbessern ihre Qualität schon fast täglich. Der kapitalistisch gesteuerte Kommunismus hat genau erkannt, wie die Welt erobert werden kann. Denk z.B. an das Thema seltene Erden oder an die bereits boomende chinesische Solarindustrie. Noch ist Deutschland bei Solar technisch gesehen Weltmarktführer, aber wie lange noch? Warum, glaubst du, gehen alle deutschen Autohersteller mit Produktionsbetrieben nach China?"

„Aber das Abenteuer kostet uns ein Vermögen, ohne wirklich zu wissen, ob wir am Ende erfolgreich sind."

„Max, das habe ich doch schon mal dargelegt: Die Finanzierung steht und unsere Investition wird vom deutschen Außenhandelsministerium mit Zuschüssen begleitet. Unser Kapitaleinsatz bleibt unter € 5 Mio. und nach meiner Berechnung werden wir schon nach kurzer Zeit schwarze Zahlen schreiben! Ich habe die ausführliche Wirtschaftlichkeitsberechnung für unsere Investition dabei und wenn du Lust hast, können wir sie nachher im Detail durchgehen."

„Wir haben aber im Moment keine € 5 Millionen!"

„Das ist die Frage, die mir die ganze Zeit schon auf der Seele brennt, seit ich unsere aktuellen Zahlen im Flieger studiert habe. Warum ist unser Barvermögen so stark gesunken? Wofür hat die Firma dieses Jahr so viel Liquidität einsetzen müssen?"

Maximilian stand auf und ging zur Reling. Er sah einige Sekunden hinaus aufs Meer, drehte sich dann um zu seinem Bruder und sagte leicht lächelnd:

„Die Firma hat dieses Jahr in Kunst investiert!"

„Die Firma hat waaas?"

„Mo, ich konnte auf Kunstauktionen ein paar fantastische Gemälde berühmter Maler ersteigern, die wir schon bald für das Doppelte und Dreifache wieder verkaufen können! So eine Gewinnmarge hat kein Produktionsbetrieb dieser Welt! Auf dem Kunstmarkt sind z. Zt. Renditen von 200–300% ganz normal, man muss nur das Kapital haben, um einzusteigen!"

Moritz hörte fassungslos zu und war zu geschockt, um sofort reagieren zu können. Konnte es sein, dass sein Bruder ihn gerade auf den Arm nehmen wollte? Hatte er wirklich gesagt, dass er mit Geld aus der Firma Bilder gekauft hatte. Ohne dass offenbar auch nur ein Familienmitglied etwas davon wusste?!

„Meinst du das jetzt im Ernst, oder bist du noch betrunken von gestern?"

„Mein voller Ernst, ihr werdet alle noch dankbar sein!"

Moritz war aufgesprungen und stand jetzt direkt vor seinem Bruder: „Wer weiß davon?"

„Du weißt es jetzt. Mo, das war die Gelegenheit, wir werden Millionen verdienen, glaub mir!"

„Sag mal, bist du eigentlich von allen guten Geistern verlassen?", reagierte Moritz jetzt mit gereizter und lauter werdender Stimme: „Du spekulierst, ohne jemanden zu fragen, mit Millionen aus unseren Rücklagen. Du setzt einfach die Existenz der ganzen Firma, ja der ganzen Familie aufs Spiel!? Bist du verrückt geworden?"

„Mo, jetzt beruhige dich, ich habe alles unter Kontrolle", sagte Maximilian, während er zurück zum Ruder ging. „Es gibt Gutachten von Sotheby's und Christie's bzgl. der Echtheit der Gemälde. Und noch nie ist ein solches Kunstwerk im Wert gesunken!"

„Maximilian, du hast vollkommen den Verstand verloren! Ich werde morgen Vater anrufen und ihn von diesem Schwachsinn unterrichten. Und du wirst dann sofort diese bescheuerten Bilder wieder verkaufen! Und sollten wir einen Verlust erleiden, so kommst du alleine dafür auf. Wie kannst du so etwas nur hinter unserem Rücken machen? Hey, wir sind es, deine Familie!"

„Mo, hör jetzt auf zu spinnen, es ist doch gar nichts passiert! Außer dass wir bald wieder etwas reicher sind! Und sollte der Familienrat tatsächlich deinem Projekt in China zustimmen, kann ich die Bilder immer noch verkaufen; wobei es natürlich ratsam wäre, nicht gleich wieder damit auf den Markt zu gehen."

„Du scheinst den Ernst der Lage wirklich nicht zu begreifen. Tassilo ist ein Familienunternehmen mit Tradition, sehr guter Bonität und mit einem hervorragenden Ruf bei unseren Kunden, den Banken und in der Wirtschaft. Was glaubst du, warum man uns in China unterstützen will?

Und jetzt klaust du uns einfach unser Kapital! Die Banken werden ausrasten und uns fragen, ob wir noch richtig ticken: Tassilo – Tresore & Sicherheitssysteme investiert in alte Bilder!?

Um sie selbst besser bewachen zu können, oder was? Du Irrer!!"

Moritz' Stimme überschlug sich und er selbst hatte das Gefühl die Kontrolle zu verlieren. Was sollte er tun? Er vergrub sein Gesicht in seinen Händen und schüttelte verzweifelt seinen Kopf.

„Du musst natürlich auch sofort die Firmenführung abgeben! Das ist alles unfassbar!!", sagte Moritz, während er seinen Bruder entsetzt anstarrte.

Maximilian wich dem Blick seines Bruders aus und drehte sich von ihm weg. Er hatte mit etwas dicker Luft gerechnet, wenn sein kleiner Deal ans Tageslicht kommen sollte. Aber nicht mit so einem Theater. Die Firma schwamm in

Liquidität und es waren nach Vancouver keine weiteren Investitionen geplant gewesen. Ja, von China hatte Moritz schon öfter mal gesprochen, aber es schien nie konkret. Warum musste sein Bruder ausgerechnet jetzt mit diesem idiotischen Projekt kommen?

„Wie viel Millionen hast du dir genommen?"

Maximilian drehte sich um. „Ich habe zum Wohle der Firma € 4 Mio. investiert", zischte Maximilian seinen Bruder jetzt an. „Du hast einfach keine Ahnung von dem Geschäft. Du hast nur deine nervigen Filialen im Kopf und erkennst nicht, was rechts und links möglich ist!"

„Wahnsinn! Wie ist es dir eigentlich gelungen, so einen riesigen Betrag zu entnehmen, ohne dass es auch nur einer von uns gemerkt hat?"

„Moritz, ich führe das Unternehmen und noch hinterfragt niemand in der Firma meine Anweisungen und wird es auch in Zukunft nicht tun!"

„Zukunft, hast du Zukunft gesagt? Du hast bei Tassilo sicher keine Zukunft mehr, dafür werde ich sorgen! Auch Vater wird dir nie verzeihen seine Firma zu gefährden. Die, wie du weißt, sein ganzer Stolz ist!"

Sie waren die ganze Zeit hart am Wind, von den Inseln weg, in Richtung Festland gesegelt, bei jetzt immer stärkerem Wellengang. Beide hatten nicht mehr auf den Kurs des Bootes geachtet. Erst jetzt stellte Moritz fest, dass sie sich schon sehr weit von Lanzarote entfernt hatten.

„Maximilian, dreh um, wir müssen heute noch zu unserer Marina zurück! Ich will von Bord, ich halte das hier mit dir auch nicht mehr aus!“

Moritz nahm sich eine Flasche spanisches Bier und ging vor zum Bug. Maximilian sah seinem Bruder nach und versuchte die letzten Worte von Moritz zu verarbeiten.

Na gut, dann zurück, wir werden ja sehen, wie es weitergeht und ob ich bei der Familie wirklich der Depp bin, dachte sich Maximilian, und drehte das Ruder abrupt herum.

Das Großsegel, das bisher prall im Wind gestanden hatte, schlug um und Moritz, der sich gerade noch mit einer Hand an der Vorstag festhielt, verlor das Gleichgewicht und fiel mit einem lauten „Verflucht, du Idiot“ über Bord ins Meer.

Maximilian sprang auf und hechtete zum Rettungsring, besann sich dann aber, da sein Bruder ja sehr gut schwimmen konnte, und lief zurück zum Ruder. „Ich wende und hole dich, sorry“, rief er seinem Bruder zu.

***

Moritz, der nach dem Auftauchen noch die Wortfetzen seines Bruder hörte: „wende und hole dich“,ließ sich, mit seiner Badeshorts und seinem hellgelben T-Shirt bekleidet, in den Wellenbergen treiben. Er war so zornig auf seinen Bruder, dass er die plötzliche Abkühlung nicht mal als willkommene Erfrischung begriff. Er wollte nur noch an Land, weg von der Insel, nach Hause, um diese unbegreiflichen Vorkommnisse so schnell wie möglich zurückzudrehen. Wenn die Verluste durch den Verkauf der Bilder zu hoch wären und sie warten mussten, dann konnte das ganze China-Projekt gefährdet werden! Das durfte alles nicht wahr sein. Er kannte seinen Bruder doch in- und auswendig. Nie waren sie wirklich in Streit geraten. Für die Firma hatten sie immer zusammengehalten. Auch in der Familie gab es keine Probleme. Sie waren ein richtig intaktes Familienunternehmen, das auch privat bestens harmonierte. Und jetzt diese Katastrophe!?

Moritz veränderte seine Rückenlage und wandte seinen Blick vom blauen Himmel hin zu Maximilian und dem Boot. Die Wellen waren erstaunlich hoch und er musste warten, bis das Boot wieder in Sicht kam. Aber da war kein Boot, war Max schon hinter ihm? Er drehte sich hastig um, er drehte sich im Kreis, verdammt, wo war das Schiff?

Er rief, nein, er schrie plötzlich in voller Panik: „Maximilian, he, was soll das?"

Dann sah er die Bavaria, aber sie segelte in die falsche Richtung. Was macht der Irre, ist das Ruder kaputt?

„Maximilian!!", brüllte er erneut gegen die Wellen, wissend, dass man ihn nicht mehr hörte.

Nein, das konnte nicht sein, sein Bruder hatte nur ein Problem mit dem Schiff und würde gleich umdrehen, um ihn zu holen!

Er drehte sich wieder auf den Rücken und betrachtete den Himmel, schloss die Augen und wusste, wenn er sie gleich wieder öffnet, dann würde die Bavaria auf ihn zusteuern!

***

Statt das Wendemanöver einzuleiten, veränderte Maximilian nur leicht den Kurs und blieb wie versteinert am Ruder stehen. Sein Blick, auf einen Punkt an Deck fixiert, war plötzlich leer und nach innen gerichtet. Er hatte keinen Fehler gemacht und er hatte auch seinen Vater nicht hintergangen! Er hatte eine Chance für die Firma genutzt, um das Eigenkapital langfristig zu steigern! Ferdinand wird das sicher verstehen und ihn in der Firmenführung bestärken!

Warum muss Moritz wieder alles kaputt machen? Moritz ist es doch ganz alleine, der die Firma mit seinem China-Projekt gefährdet! Manchmal hasste er seinen Bruder. Diese dominante Art und Weise, alles an sich zu reißen. Immer wieder neue Ideen. Immer wieder dieser Drang zu Veränderungen. Die Firma lief doch fantastisch!

Auch dass Moritz stets versuchte die Familie auf seine Seite zu bringen. Vancouver hatte er auch nur durchgesetzt zum Wohle von Anna und James. Und ob es langfristig die richtige Entscheidung war, konnte man jetzt noch gar nicht sagen.

Der Schrei einer Möwe riss ihn aus seiner Trance.

„Verdammt, Mo, ich komme“, brüllte er wild gestikulierend, während er eine Wende einleitete.

„Wo bist du?, Moooориiitz!“

Der Wind hatte weiter aufgefrischt und auch der Wellengang hatte zugenommen. Er konnte seinen Bruder nirgendwo sehen. Er musste kreuzen, um wieder zu der Stelle zu kommen, wo Moritz über Bord gegangen war. Aber wo war das genau? Wie lange war er schon in die entgegengesetzte Richtung gesegelt? Doch höchstens 1–2 Minuten. Wieso konnte er ihn nicht entdecken?

Der Wind, die Strömung. Alles so unberechenbar. Es gab einfach keinen Anhaltspunkt.

Verzweiflung stieg in Ihm hoch.

„Der Motor!! Ich muss mit dem Motor fahren. Das Kreuzen hat keinen Sinn."

Während er ununterbrochen den Namen seines Bruders schrie, holte er, so schnell er konnte, die Segel runter. Wieder vergingen wertvolle Minuten. Es kam keine Antwort. Er war noch nie mit Motor gefahren. Hatte er überhaupt Benzin? Ja, doch! Er erinnerte sich. Die Typen von der Werft hatten sich darum gekümmert. Man hatte ihm auch gezeigt, wie man ihn anlässt.

Nach weiteren, gefühlten 5 Minuten folgte die Bavaria allen Steuerungsbefehlen.

„Moritz, Moritz wo bist du?"

***

Für Moritz wurde das Unfassbare jetzt langsam zur Gewissheit: Sein Bruder würde nicht zurückkommen! Die Küsten waren viel zu weit entfernt, als das man sie schwimmend erreichen konnte! Maximilian ließ ihn hier einfach bewusst absaufen!

Seine reale entsetzliche Hilflosigkeit versetzte ihm einen Schock. Es war sogar egal, in welche Richtung er schwimmen würde: Keine hatte irgendeinen Sinn. Wie lange konnte er sich noch über Wasser halten? Sollte er in der Rückenlage bleiben, um Kraft zu sparen? Aber er spürte auch schon die leichte Unterkühlung und deshalb war Bewegung vielleicht besser. Aber diese Überlegungen waren ja so wie so absurd, es gab keinen Ausweg, er würde bald elend ertrinken.

Dann plötzlich konnte er die Segeljacht wieder sehen, diesmal ohne Segel. Sein Bruder suchte ihn!

Er versuchte mit den Armen zu winken und schrie aus vollem Hals. Aber die Wellen waren zu hoch und das Boot verschwand immer wieder aus seinem Blick. Auch war es zu weit weg.

Minuten später konnte er die Bavaria nicht mehr entdecken.

Die Todesangst, die ihn jetzt erfasste, behinderte jeden weiteren klaren Gedanken.

Er schwamm einige Zeit ziellos umher, legte sich ab und zu auf den Rücken und ließ sich in den Wellen treiben. Dann versuchte er sich wieder zu konzentrieren. Auf seinen Bruder. Auf die unglaubliche Situation, in der er sich befand. Er durfte jetzt nicht darüber nachdenken, dass ihn seine Kräfte verlassen würden, er musste sich ablenken. Aber er konnte weder die Wut gegen Maximilian erneut aufbauen, noch konnte er über die Motive nachdenken, die seinen Bruder zu dem Kunst-Schwachsinn verleitet hatten. Stattdessen dachte er an Fabienne und Matheo; er hatte sich in letzter Zeit viel zu wenig um die beiden gekümmert. Tränen schossen ihm in die Augen, er drehte sich im Kreis und ließ plötzlich einen schrecklich hysterischen Schrei los, während er wie wild mit den Fäusten im Wasser um sich schlug:

„Verdammte Scheiße, ich will nicht sterben!“

***

„MAYDAY, MAYDAY“, Maximilian schrie immer wieder verzweifelt ins Mikrofon. „Meine Position, verdammt, ich brauche ja meine Position, oder können die mich orten?“

„Hallo, hört mich denn keiner?“

Er stolperte wieder an Deck und rief, so laut er konnte, nach seinem Bruder. Spähte von allen Seiten des Bootes hinaus aufs Meer. Mo hatte doch ein gelbes T-Shirt an, man musste ihn doch sehen!

„Diese verdammten Wellen!“ Weinkrämpfe schüttelten ihn jetzt permanent. Die Verzweiflung überstieg seine Fähigkeiten, sich noch zu konzentrieren. Er wusste auch überhaupt nicht mehr, wo er war.

Der Notruf! Er musste jemand erreichen! Er stürzte wieder in die Kabine „MAYDAY, MAYDAY!“

Maximilian erschrak richtig, als ihm plötzlich jemand auf Englisch antwortete.

„Man over board, my brother, I can’t find him, please help me, quick, please!“, überschlug sich Maximilians Stimme, so dass er noch zweimal alles wiederholen musste, bevor die andere Stimme ihn verstand. Man hatte ihn angewiesen, seine Position zu halten, wenn irgend möglich.

Aber er musste doch seinen Bruder finden! Er wechselte permanent vom Ruder zur Reling und durchsuchte mit Tränen in den Augen das Wasser in alle Richtungen. Nichts! Seine Stimme war schon fast bis zur Unkenntlichkeit heiser.

Er konnte später nicht sagen, wie lange es gedauert hatte, aber allein das Geräusch riss ihn aus seiner Verzweiflung, sofort keimte wieder Hoffnung auf.

Der Hubschrauber positionierte sich über dem Boot und ließ eine Person zu Maximilian hinunter. Nachdem der Mann das Seil gelöst hatte, packte er den zitternden Maximilian an den Schultern und rief ihm gegen den Motorenlärm zu:

„Hallo Mr. Tassilo, my Name is Francesco. I bring you and your boot back to the harbour.

The Helicopter will search for your brother. We have also a speedboat, which will be here soon.“

Der Hubschrauber drehte ab und der Mann fügte jetzt mit normaler Stimme hinzu: „Calm down, please, we will find him. Try to give me some details.“

***

Moritz hatte jedes Zeitgefühl verloren. Er reagierte nur noch mechanisch auf die Wellenbewegungen des Meeres. Immer wieder schluckte er etwas Wasser, was das Brennen in seiner Kehle noch unerträglicher machte. Er konnte es nicht mehr verhindern. Seine Augen waren geschlossen. Die Wahrnehmung schien sich langsam zu verabschieden.

Nur ab und zu hieb er noch mit einem Arm ins Wasser, um sich wieder in eine andere Schwimmlage zu bringen. Dabei murmelte er auch für sich selbst Unverständliches. Er fantasierte, seine Arme und Beine konnte er kaum noch spüren und er blieb anscheinend nur noch durch den Überlebenswillen seines Körpers über Wasser.

Er nahm noch das tiefe Brummen wahr, das wohl entstand, wenn sein Kopf unter Wasser tauchte und somit das Ertrinken noch einmal für die Sinne erkennbar machte.

Eine kräftige Hand griff ihm in die Haare, eine andere packte seine Shorts. Kommandos, in einer ihm unverständlichen Sprache, waren das Letzte, was er hörte, bevor er das Bewusstsein verlor.

***

Maximilian saß, in ein großes Badehandtuch gehüllt, im Büro des Hafenmeisters. Aus dem sonst so braun gebrannten Gesicht war jede Farbe gewichen. Das Entsetzen in seinen verweinten Augen ließ erahnen, wie verzweifelt er war. Sie hatten ihm ein Telefon gegeben, damit er zu Hause anrufen und Bescheid sagen konnte, aber als er Elenas Stimme hörte, brach er körperlich und psychisch zusammen, so dass der Polizist ihm den Telefonhörer aus der Hand nehmen musste, um die Angehörigen über die Situation zu informieren.

Es war bereits dunkel und weder der Hubschrauber noch die Boote der Küstenwache hatten Moritz bisher finden können.

Wie konnte ein Mensch so schnell nicht mehr auffindbar sein? War er beim Sturz irgendwo aufgeschlagen und schon ohnmächtig ins Wasser gefallen? Nein, Moritz hatte doch noch gerufen! Konnte Moritz so viele Stunden überhaupt im Wasser überleben? Warum hatte er eigentlich erst so spät die Wende eingeleitet? Er war schuld! Hätte er doch den Rettungsring geworfen! Maximilian hatte sein Gesicht in die Hände vergraben und schluchzte kurzatmig.

„Herr Tassilo", sagte der Polizist, zum zweiten Mal, nun etwas lauter, da Maximilian bis jetzt nicht reagiert hatte. „Herr Tassilo, Sie müssen mir noch mal genau schildern, was passiert ist. Ich muss ein Protokoll schreiben, auch für die deutschen Kollegen."

„Aber das habe ich doch alles schon erzählt."

„Bitte Herr Tassilo, es muss sein."

Er musste jetzt bei seiner spontanen Fassung bleiben, die er dem Mann aus dem Hubschrauber kurz zugerufen hatte. Alles Andere, die Wahrheit, klang einfach unglaubwürdig. Aber wenn sie Moritz doch noch lebend finden! Er war plötzlich so müde und wollte eigentlich jetzt nur noch schlafen und danach wäre alles nur noch ein böser Traum.

„Herr Tassilo!!“

„Wir hatten am Vorabend gefeiert und ich hatte plötzlich starke Kopfschmerzen, weshalb ich das Bedürfnis hatte, mich für ein paar Minuten hinzulegen. Mein Bruder hatte kein Problem, das Schiff allein zu steuern. Wir hatten vereinbart zurück zur Marina zu segeln.“

Maximilian brauchte eine längere Pause.

„In meinem Versuch mich auszuruhen, bin ich dann vom Schlagen der Segel aufgeschreckt und sofort an Deck. Das große Segel stand im Wind, nur durch die Fock hatten wir noch leichte Fahrt. Aber von Moritz keine Spur.“

Maximilian zitterte jetzt am ganzen Körper und konnte das Weinen nicht mehr unterdrücken.

„Wie lange haben Sie geschlafen?“, fragte der Polizist.

„Keine Ahnung, 10 Minuten, eine halbe Stunde, ich weiß es wirklich nicht.“

„Und dann?“

„Dann hab ich die Segel runtergeholt, den Motor angeschmissen und habe das verfluchte Meer abgesucht“, flüsterte er mit einer kaum noch zu verstehenden Stimme.

„Wie viel später haben Sie uns verständigt?“

„Auch das weiß ich nicht mehr genau, verstehen Sie? Ich hatte Panik, ich habe meinen Bruder gesucht und ich musste meinen Bruder finden!! Wie viel später? Vielleicht eine halbe Stunde.“

Sein Kopf fiel wieder nach vorne und er ließ seinen Tränen erneut freien Lauf.

Der Polizist stand auf und ging ins Nebenzimmer. Er gab der dort wartenden Sanitäterin ein Zeichen, dass sie sich jetzt wohl um Herrn Tassilo kümmern müsse.

***

Ein traniger Geruch war das Erste, was Moritz wahrnahm. Hinzu kamen der Krach eines älteren Dieselmotors und das Ächzen und Knarren eines Schiffes in schwerer See. Er versuchte die Augen zu öffnen, aber die waren derart verschorft und verklebt, dass er die Hand zu Hilfe nehmen wollte, die er aber nicht bewegen konnte. Eine schwere gummiartige Abdeckung lag über ihn gebreitet. Er hatte überhaupt keine Kraft und alle Glieder schmerzten bei der kleinsten Bewegung. Er blieb liegen, erkannte aber jetzt durch einen Spalt seiner Augenlider, dass er in einem Holzverschlag lag und dass es Nacht war. Durch ein kleines verdrecktes Fenster glaubte er ab und zu Sterne zu erkennen, die sich mit dem Licht der Positionslampen vermischten.

Die Erinnerung kehrte zurück: Sein Bruder hatte versucht ihn umzubringen. Aber er lebte! Sosehr er sich auch anstrengte das Vergangene zu begreifen, er war einfach zu schwach und schlief wieder ein.

Ein permanent auf ihn einredender dunkelhäutiger, bärtiger Seemann rüttelte Moritz wach. Es klang arabisch, durchmischt mit irgendwelchen französischen Lauten. Er verstand kein Wort.

Dann schwenkte der Bärtige eine Flasche vor Moritz' Augen:

„Eau, water, pour toi!“ Er schlug die Gummiabdeckung zurück, unterfasste Moritz' Rücken und brachte ihn in eine leichte Sitzposition, um ihm die Flasche an den Mund setzen zu können. Moritz stöhnte vor Schmerzen. Aber das Wasser, das er dann in seiner Kehle spürte, war wie ein wunderbares Lebenselixier, das langsam seinen ganzen Körper durchströmte. Der Bärtige setzte die Flasche immer wieder ab, um dem namenlosen Schiffbrüchigen nicht zu viel zuzumuten und ihn vorsichtig ins Leben zurückzuholen. Jetzt erst registrierte Moritz, dass es hell war. Auch das Schlingern des Schiffes hatte aufgehört.

„Nom?“, fragte der Bärtige, „Mon nom est Brahim! Ton nom?“

Moritz versuchte zu sprechen, aber es war zwecklos. Sein Körper konnte den Wunsch noch nicht umsetzen. Er hauchte Brahim ein leises „Mor…“ entgegen.

„Mor, okay!“, freute sich Brahim, legte Moritz vorsichtig wieder zurück, deckte ihn zu und verließ den Verschlag. Moritz verfiel augenblicklich wieder in einen tiefen, traumlosen Schlaf.

***

Er erwachte, als er etwas Nasses in seinem Gesicht spürte. Er öffnete die Augen und schaute einer wohl sehr alten Frau in das zahnlose Gesicht. Sofort stand die alte Frau mühsam auf, legte den nassen Lappen auf einen Schemel und schlurfte zu einer offenen Tür.

„Brahim, Tazim: Mor!“ rief sie mit erstaunlich lauter Stimme, um sich dann wieder langsam seinem Bett zu nähern. Sie setzte sich erneut auf den Bettrand, nahm eine kleine Schale und hielt Moritz, der sich bis jetzt noch nicht bewegt hatte, einen Löffel mit einer gelblichen Breimasse vor die Augen. Das Gesicht der Frau war völlig ausdruckslos. Er versuchte sich aufzurichten, was ihm nur teilweise gelang. Man hatte ihm eine graue derbe Hose übergezogen, die mit einem Art Strick zusammengehalten wurde, und ein dunkles T-Shirt, das aber bestimmt drei Nummern zu groß war.

Er schaute sich um. Der Raum, ca. 3 x 4 m, hatte ein kleines Fenster und eine Tür. Der Boden bestand aus welligem Lehm. In einer Ecke hing ein Kessel über einer erloschenen Feuerstelle. Daneben standen ein Tisch und zwei Stühle. Wo war er?

Über allem lag ein unangenehmer Geruch nach Schweiß und Fäulnis. Es war heiß!

Der Raum verdunkelte sich und zwei Männer bückten sich nacheinander durch die niedrige Tür.

Die alte Frau verließ die Hütte. Es war Brahim und ein weiterer Seemann, ähnlich gekleidet wie Brahim, nur etwas kleiner, wohl der von der Alten gerufene Tazim. Brahim hielt Moritz einen kleinen Papierblock hin, zusammen mit einem Bleistiftstummel.

„Nom de famille? Ta famille!“, forderte Brahim ihn auf, den Namen auf den Block zu schreiben. „Police, important!“

Moritz, der hoffte, dass etwas für ihn getan werden konnte, nahm all seine Kraft zusammen, um in eine sitzende Position zu kommen. Brahim half ihm seinen Rücken aufrecht gegen die Wand zu lehnen. Selbst das Schreiben fiel ihm schwer und er kritzelte auf den Block: Moritz Tassilo.

„Nation, Ville!“, meldete sich jetzt auch Tazim.

Moritz schrieb die gesamte Adresse, inkl. der Telefonnummern, auf. Brahim schaute auf die Zahlen und zeigte dann fragend mit dem Finger darauf.

„Telefon, Familie!“, sagte Moritz und ahmte dabei mit seiner Hand einen Telefonhörer nach.

„Ah“, begriff Brahim, „ici non téléphone. Police téléphone!“

„Wann Police telefon?“, fragte Moritz leicht verzweifelt und ließ sich völlig erschöpft wieder auf sein Bett zurücksinken. Brahim klopfte Moritz wohlwollend auf die Schulter: „Plus tard“ und verließ zusammen mit Tazim die Hütte. Moritz, der die letzten Worte nicht verstanden hatte, blieb alleine in der Hütte zurück, drehte sich vorsichtig zur Wand und schlief wieder ein.

***

Die Stewardess lächelte Maximilian an und fragte nach seinem Getränkewunsch.

„Stilles Wasser bitte“, antwortete ein scheinbar um Jahre gealterter Mann.

3 Tage waren seit dem Unglück vergangen. Man hatte auch Kontakt zu allen in der Nähe fahrenden Schiffen aufgenommen. Hatte weiterhin mit Booten und Hubschraubern gesucht. Nichts! Moritz musste ertrunken sein. Maximilian, der seit fast 70 Stunden nicht geschlafen hatte, nur unterbrochen von Phasen der puren Erschöpfung, aus denen er schweißgebadet schon nach Minuten wieder hochgeschreckt war, schaute mit blutunterlaufenen Augen aus dem Flugzeugfenster hinaus aufs Meer.

Immer wieder hatten Fabienne, Elena und Ferdinand angerufen und immer wieder hatten sie sich weinend voneinander verabschieden müssen. Er war bei der Version geblieben, die er der Polizei erzählt hatte. Er hatte seine Familie angelogen! Aber was hätte er sonst sagen sollen?

Seine Gemälde und dieses verfluchte Chinaprojekt.

Natürlich hatte er die Kunstwerke gekauft, ohne jemand zu fragen, aber da wusste er doch noch nicht, dass Moritz' Phantasien von China jemals Realität werden könnten. Seine Gemälde waren eine fantastische Idee, die viel Geld bringen würde, und damit wollte er alle überraschen.

Aber das hatte außerdem mit dem Unfall nichts zu tun. Er hatte viel zu spät beigedreht. Deshalb war alles seine Schuld. Warum hatte er nur so lange gewartet? Seit Tagen quälte ihn diese Frage. Er hatte einfach keine Antwort darauf. In der Erinnerung fehlten ihm diese entscheidenden Minuten. Aber es war doch nur ein Augenblick, er hätte Moritz finden müssen?!

***

Die Maschine landete pünktlich am Münchener Flughafen. Ferdinand hatte ihm vorgeschlagen, ihn zusammen mit Vincent abzuholen.

„Du fährst mit mir und Vincent kann dann deinen Wagen nach Hause fahren."

Aber Maximilian hatte abgelehnt, weil er durchaus in der Lage sei, selbst zum Ammersee zu kommen. Er wollte auf keinen Fall jetzt allein mit seinem Vater im Auto sitzen. Er hatte wahnsinnige Angst vor seiner Familie. Jeder würde ihm die Schuld geben. Bestimmt würden sie merken, dass er nicht die Wahrheit sagte. Aber was würde die Wahrheit schon ändern? Sein Bruder war tot. Die Tränen flossen ihm wieder über die Wangen, so dass er kaum noch die Straße erkennen konnte. Er wischte sich mit dem Ärmel übers Gesicht und versuchte sich auf die Fahrt zu konzentrieren.

Jetzt würde sich alles ändern. Wahrscheinlich sah sich Dad gezwungen, wieder in der Firma mitzuarbeiten. Vincent stand noch nicht zur Verfügung, da er gerade erst seine Diplomarbeit schrieb. Dann musste er aber auch die Investition in die Gemälde offenlegen. Was könnte passieren, wenn Moritz Recht hatte und sein Vater gar kein Verständnis zeigen würde?

Maximilian fuhr auf den nächsten Parkplatz. Ihm war so unsagbar schlecht, dass er sich sofort übergeben musste. Auch war er furchtbar kaputt, er konnte einfach nicht mehr, auch nicht mehr nachdenken.

Nachdem Maximilian angekommen war, hatte Elena ihn unter Tränen gleich ins Bett geschickt. Sie hatte sofort erkannt, dass er kurz vor dem totalen Zusammenbruch stand. Sie blieb noch Stunden bei ihrem Sohn sitzen. Weinend bewachte sie seinen Schlaf.

***

Alle waren da: Elena, Ferdinand, Fabienne und auch Vincent. Sie saßen im Kamin-Zimmer, von dem man über die große Terrassentür direkt auf den Ammersee schauen konnte.

Wieder und wieder waren sie jedes Detail des Unglücks durchgegangen, ohne dass auch nur ein Familienmitglied Trost in dem Gespräch finden konnte. Ferdinand, der merkte, dass die nicht zu klärenden Fragen alle in nur noch tiefere Trauer versinken ließen, fragte Maximilian:

„War China zwischen euch ein Thema?"

„Ja, eigentlich haben wir die letzten Stunden auf dem Schiff nur noch über China gesprochen. Moritz war ja wie besessen von seinem Projekt."

„Konntet ihr euch einigen?", interessierte sich auch Vincent.

„Nein wir konnten uns überhaupt nicht einigen. Das ist auch ein Punkt, warum ich mir so Vorwürfe mache. Wäre ich auf ihn eingegangen, wäre alles harmonisch geblieben und ich wahrscheinlich gar nicht unter Deck gegangen."

„Habt ihr euch gestritten?“, fragte Ferdinand.

Maximilian hatte die ganze Nacht, immer wieder aufwachend, darüber nachgedacht, was er seiner Familie, aufbauend auf der nicht mehr rückgängig zu machenden Lüge, sagen sollte.

Doch was jetzt kam, war unvorbereitet und spontan, so als ob sein Gehirn sich selbst für diesen Ausweg entschieden hatte, ohne noch mit ihm über die Konsequenzen nachzudenken.

„Ja, wir haben uns gestritten. Moritz hat über die Firma € 4,0 Mio. in Kunst investiert.“

„Moritz hat was?“, stieß Ferdinand ungläubig hervor.

Auch alle anderen schauten jetzt erstaunt auf Maximilian. Der senkte seinen Blick, weil er bei dem, was er jetzt sagen würde, der Familie nicht in die Augen sehen konnte.

„Auf Grund der sensationellen Zahlen auf dem Kunstmarkt habe ich mich von ihm überreden lassen, dass man einen Teil unserer freien Liquidität hochverzinst in Gemälde anlegen könnte, statt das Geld unproduktiv auf der Bank liegen zu lassen.“

„Seid ihr verrückt geworden?“, zischte Ferdinand, der jetzt aufgestanden war und sich an der Rückenlehne seines Stuhls festhielt. Maximilian blickte weiter auf den Parkettboden und fuhr schon fast mechanisch fort:

„Aber nun wollte Moritz weitere € 5,0 Mio. für China haben, was einfach nicht zu verantworten war. Zwei

Risikopositionen in dieser Höhe hätten die Firma an den Rand der Zahlungsunfähigkeit gebracht. Ich wollte dann, entgegen unserer ursprünglichen Abmachung, die Kunst-Investition im Familienrat zur Sprache bringen, was aber Moritz so aufbrachte, dass ich keine Lust mehr hatte mit ihm zu diskutieren und unter Deck gegangen bin."

Maximilian schloss seine Augen und ließ sich erschöpft zurücksinken.

Ferdinand war fassungslos und konnte das Gehörte kaum glauben. Er hatte bei Moritz nie, auch nur ansatzweise, ein Interesse an Kunst bemerkt. Stattdessen immer den Willen, das Unternehmen weiterzuentwickeln und zu optimieren. Konnte es sein, dass er sich so getäuscht hatte?

„Maximilian", sagte Ferdinand und bemühte sich um einen einfühlsameren Ton, „warum hast du dich auf dieses Kunstgeschäft eingelassen? Wir müssen sofort prüfen, was wir für diese Gemälde heute bekommen und wenn der Verlust nicht zu groß ist, werden wir sie wieder verkaufen. Kümmere dich bitte sofort darum."

Elena, die dem Gespräch bis jetzt weinend zugehört hatte, sprang auf und schrie:

„Moritz ist tot, verdammt noch mal. Worüber unterhaltet ihr euch eigentlich? Keiner wird die Bilder von Moritz verkaufen. Wenn ich etwas von eurer Firma einfordere, dann sind das diese Gemälde. Macht, was ihr wollt, aber die behalte ich!"

Ferdinand blickte erschreckt und ungläubig zu seiner Frau, die er so noch nie erlebt hatte. Aber er wusste sofort, dass er diesem Wunsch von ihr nicht widersprechen würde. Das war alles zu furchtbar und Elena war, seit sie von dem Unglück mit Moritz erfahren hatte, völlig in sich zusammengebrochen. Elena war ihm wichtiger als alles Andere.

Elena schaute Ferdinand mit verweinten, bittenden Augen an, die ihm sagten:

„Verzeih, aber es muss sein. Ich hab sonst nichts mehr von ihm."

Juli 2006

Moritz saß auf der alten Hafenmauer und beobachtete die Fischer, die gerade mit ihrem Tagesfang zurückgekommen waren. Es waren nur drei Boote, mehr gab es hier nicht. Überhaupt konnte man die paar Hütten, die das kleine Hafenbecken umschlossen, keinen Ort nennen. Es gab kein Geschäft, nicht mal eine Hafenkneipe für die Fischer. Alle paar Tage kam ein alter Lastwagen, der den Menschen hier das Notwendigste brachte und den frischen Fisch abholte.

Er war jetzt schon 4 Tage hier. Wie konnte man in der Nähe von Europa so abgeschnitten sein von jeglicher Zivilisation? Es gab kein Telefon, keinen Telegrafen, keinen Arzt, nur der Laster verband die Hütten mit dem Rest der Welt.

Die alte Frau, die überhaupt nicht redete und wenn, dann nur unverständliches Gemurmel, hatte ihn mit Essen und Wasser versorgt. Er fühlte sich schon wieder einigermaßen fit. Seit 2 Tagen lief er immer wieder zwischen den Hütten und dem Hafen hin und her. Die Männer und Frauen, die er sah oder traf, nickten freundlich, redeten ihn aber nicht an. Wenn er es versuchte, zuckten sie mit den Schultern, um ihm klarzumachen, dass sie ihn nicht verstanden. Die paar Kinder, die hier rumliefen, versteckten sich anfangs, nahmen mittlerweile aber auch keine Notiz mehr von ihm.

Immer wieder ging er den Feldweg hinauf bis zur Anhöhe, von der man in das weite karge und bergige Hinterland schauen konnte. Der Feldweg, die einzige Landverbindung zur Außenwelt, schlängelte sich zwischen den Hügeln dahin, um dann fast am Horizont hinter höheren Bergen zu verschwinden. Es gab hier gar nichts, nicht mal Bäume.

Er wartete auf Brahim, der bis jetzt nicht mehr aufgetaucht war. Auch Tazim hatte er nicht mehr gesehen. Das Boot, mit dem er hier angekommen war, lag nicht mehr im Hafen. Was konnte er tun? Nichts! Er war zum Warten verdammt. Sicher hatte Brahim die Polizei schon informiert und seine Familie wusste Bescheid, dass er noch lebt.

Nachmittags kam wieder der alte Lastwagen. Man hörte den lauten Motor schon von weitem, noch bevor er überhaupt zu sehen war. Sofort liefen die Kinder zur Hafenmauer, zu der Stelle, an der der frische Fisch immer verladen wurde.

Moritz beobachtete von Weitem gespannt die Ankunft. Und tatsächlich, Brahim und Tazim sprangen von der Ladefläche und liefen zur Beifahrertür, die sich in dem Moment auch öffnete. Ein Mann mit einer schwarzen Hose und einem weißen Hemd stieg langsam aus dem LKW. Man sah sofort, dass hier eine wichtige Person angekommen war. Brahim unterhielt sich kurz mit ihm, drehte sich dann um und zeigte auf die Hütte, vor der Moritz jetzt stand. Beide gingen in seine Richtung, Tazim blieb zurück. Der Mann war genauso groß wie Brahim, aber viel schmaler, und machte einen gepflegten Eindruck. Seine Kleidung schien zwar abgetragen, aber sehr ordentlich und sauber.

Moritz ging den beiden aufgeregt entgegen, in der Hoffnung jetzt vielleicht Nachrichten von seiner Familie zu bekommen. Er lächelte der „wichtigen Person“ zu, die ihn kurz darauf mit, „Hallo mein Freund“ begrüßte.

„Sie sprechen Deutsch?“, lachte Moritz ihn jetzt regelrecht an.

„Herr Tassilo, mein Name ist Benazir. Ich war viele Jahre in Deutschland und werde mich um Sie kümmern. Bitte sagen Sie mir zuerst, was passiert ist.“

„Wir sind gesegelt, vor Lanzarote. Ich bin über Bord gegangen!“

„Warum?“

„Ein Wendemanöver, ich habe nicht aufgepasst.“

„Wer war noch an Bord und warum hat die Person Sie nicht gerettet?“

Moritz zögerte kurz, weil er den zweiten Teil der Frage nicht beantworten konnte:

„Mein Bruder war mit an Bord. Wahrscheinlich hatte er ein Problem mit dem Ruder und hat mich dann in den hohen Wellen nicht mehr gefunden. Ich verstehe es auch nicht.“

Sie waren mittlerweile an der Hütte der alten Frau angekommen. Benazir übersetzte das Gesagte für Brahim. Beide verzogen ungläubig ihr Gesicht und unterhielten sich kurz weiter in ihrer Sprache, die Moritz nicht verstand.

„Haben Sie meine Eltern erreicht?“, unterbrach Moritz jetzt das Gespräch.

Brahim stand auf und ging in die Hütte.

„Nein, wir haben erst einmal Ihre Angaben überprüft“, sagte Benazir, „und jetzt muss die Polizei wissen, was eigentlich passiert ist. Aber wir haben uns erkundigt. Tassilo ist eine große Firma in Deutschland! Ist das Ihre Familie?“

„Ja, aber warum haben Sie denn noch nicht dort angerufen?“, wollte Moritz mit einem leicht verzweifelten Blick wissen.

Brahim kam wieder aus der Hütte, gefolgt von der Alten, die ein Tablett mit frischem Tee trug. Sie verteilte die Tassen an die drei Männer.

„Wenn ich wieder in der Stadt bin, informiere ich die Polizei und dann rufen wir die deutsche Botschaft an und die wird Ihre Familie informieren.“

Er klopfte Moritz auf die Schulter: „Und Sie kommen heute natürlich mit mir mit!“

Moritz sprang auf: „Danke. Wann fahren wir?“

„Nur mit der Ruhe, Herr Tassilo. Jetzt trinken wir erst einmal Tee, und wenn der Lastwagen beladen ist, fahren wir los. In ca. einer Stunde, okay?“

Moritz konnte es nicht erwarten endlich von hier wegzukommen. Er trank mit den Männern seinen Tee und beobachtete immer wieder den Lastwagen, auf dem jetzt bereits einige große Fässer standen. Benazir fragte ihn noch nach ihrem Hafen auf Lanzarote und wollte Näheres über München wissen, da er selbst in Deutschland nur Bremen und Kiel kennengelernt hatte.

Auch die Firma Tassilo interessierte ihn sehr.

***

Moritz wachte von dem nicht enden wollenden Gebell eines Hundes auf. Um ihn herum totale Finsternis. Er richtete sich auf und seine Augen gewöhnten sich nur langsam an die Dunkelheit.

Er hatte auf einer Holzpritsche gelegen und soweit er es erkennen konnte, war sonst gar nichts im Raum. Er stand auf und ertastete die Wände, die aus Stein waren, auch die Decke, die er direkt über seinem Kopf berührte.

Er war in einer Art Kammer, höchsten 3 x 3 m groß und nicht höher als 2,20 m. Er fand die Tür, die aus Eisen zu bestehen schien und verschlossen war. Es gab keine Klinke. Moritz war so überrascht und verwirrt von der Situation, dass er sich wieder auf die Pritsche setzte und nachzudenken versuchte. Er hatte starke Kopfschmerzen. Das Letzte, an das er sich erinnern konnte, war die gemeinsame Tee-Runde mit Brahim und Benazir. Man hatte ihn hier eingesperrt! Aber warum?

War er noch in dem Fischerdorf oder schon in der größeren Stadt?

Er stand wieder auf, ging zur Tür und trommelte mit den Fäusten dagegen:

„Hallo ist da jemand? Kann mich jemand hören? Please open the door!“

Einen kurzen Augenblick wartete Moritz auf irgendeine Reaktion. Nichts. Es war vollkommen still. Sogar der Hund bellte nicht mehr. Er schlug erneut gegen die Tür und trat jetzt zusätzlich gegen den unteren Teil. Wieder hielt er inne und wartete. Kein Laut von der anderen Seite. Was konnte das alles bedeuten? Warum konnte er sich überhaupt nicht daran erinnern, wie er hier herein gekommen war?

Benazir hatte gar nicht vor die Polizei zu informieren, geschweige denn die Botschaft! Er war so interessiert gewesen an der Firma Tassilo. Die wollen Geld!

Mit einem Mal war Moritz alles klar. Man hatte ihm etwas in den Tee getan, ihn hierher verfrachtet und würde nun mit München Kontakt aufnehmen, um entsprechendes Lösegeld zu erpressen.

Er drehte sich in der kleinen Kammer, um die eigene Achse und versuchte jedes Detail genau zu erkennen. Außer einem Lüftungsrohr, durch das aber kein Licht hereinfiel, gab es noch einen kleinen Schemel, sonst nichts. Er legte sich wieder auf die Holzpritsche und starrte gegen die Decke.

Er konnte jetzt nichts machen. Die würden ihn hier nicht verhungern lassen. Tot war er nichts wert! Er musste warten! Irgendwann musste dieser Alptraum doch ein Ende haben.

November 2006

Moritz saß im Schatten der Hütte und beobachtete die schmale Bergstraße, die in mehreren Windungen hinaufführte.

Er wartete auf Benazir.

Benazir, der ihn damals in dieses Loch gesteckt hatte, später mit der Begründung: Sie hätten erst mal abwarten müssen, ob er gesucht werde, z. B. vom deutschen Konsulat zusammen mit der marokkanischen Polizei.

„Benazir, ich bin ertrunken!! Mich sucht kein Mensch!“, hatte ihm Moritz erregt entgegnet.

„Mor, wir müssen sichergehen!“

Dann hatte Benazir ihm Said und Youssef vorgestellt, die sich in den nächsten Wochen um ihn kümmern würden.

In den nächsten Wochen!? Ein Witz! Seit Monaten saß er nun schon mit den beiden Ziegenhirten hier in der armseligen Berghütte. Mann hatte ihm damals, nach zwei Tagen Gefängnis, die Hände auf den Rücken gefesselt, die Augen verbunden und ihn auf der Ladefläche eines schrottreifen Pick-ups in die Berge transportiert. Okay, er musste wenigstens nicht mehr in dem fensterlosen Verlies alleine vor sich hin vegetieren, nur unterbrochen von der täglichen Mahlzeit, die man ihm über eine Lüftungsluke hereingeschoben hatte.

Die Berghütte, die er sich nun mit Said und Youssef teilen musste, war umgeben von schroffen Felsen und mehr oder weniger steilen Berghängen. Außerdem gab es unzählige Ziegen und diese Arganbäume, von denen offensichtlich die ganze Region hier lebte.

Einmal die Woche kamen ein oder zwei Pick-ups, brachten und holten Ziegen oder nahmen zur Erntezeit die Säcke mit den Argannüssen mit. Ansonsten passierte hier gar nichts.

Die einzige Beschäftigung waren die Ziegen.

Es war immer verflucht heiß gewesen, die Sonne hatte den ganzen Sommer auf sie niedergebrannt, erst jetzt im November wurde es etwas erträglicher.

Erfreulicherweise konnte Youssef etwas Deutsch! Beide waren sehr freundlich zu ihm und bald machten sie die notwendigen Arbeiten zu dritt. Er empfand es sogar als lustig, abends die Ziegen z. T. von den Arganbäumen runterzuholen, auf denen sie die Nüsse und auch den Schatten suchten.

Nur nachts sperrten sie ihn in eine kleine Kammer ohne Fenster. Eigentlich albern, weil die Berghütte schon so marode war, dass es kein Problem schien mit ein bisschen Werkzeug aus der Kammer ins Freie zu kommen. Für Frischluft war jederzeit durch die Ritzen der Wände gesorgt.

Aber er hätte sowieso nicht weglaufen können. Wohin? Es gab hier nur diese karge Natur. Kein Dorf weit und breit. Aus den Unterhaltungen der Pick-up-Fahrer und der Erntearbeiter, die offensichtlich alle seine Funktion hier kannten, und seinen Gesprächen mit Youssef, wusste er, dass es irgendwo den Ort Meesti gab und am Meer eine größere Stadt mit dem Namen Sidi Ifni. Er hatte aber keine Ahnung, wie weit das alles entfernt war.

Es ging ihm gut, zumindest gesundheitlich.

Dieser Benazir, der nur alle paar Wochen auftauchte und ihn immer wieder vertröstet hatte, war allerdings kaum noch zu ertragen. Nicht nur weil er ihn damals betäuben ließ und ihn in das Verlies gesperrt hatte, sondern weil er es einfach nicht schaffte, eine Lösung herbeizuführen.

Das Motorengeräusch kündigte einen nahenden Besuch an. Ein verbeulter roter Kleinwagen, dessen Lack schon stark mit Rost überzogen war, bog um die letzte Kurve.

Tatsächlich Benazir, der jetzt fröhlich lachend auf ihn zukam. Es war immer wieder erstaunlich, mit welchem Selbstverständnis man hier seine Gefangenschaft behandelte. Wie einen guten Bekannten, den man gerne besuchte.

„Hi Mor, es geht los, komm mit in die Hütte!“

Moritz folgte Benazir in den kleinen Raum, der gleichzeitig Schlaflager für Youssef und Said und eine Art Küche war, mit einer offenen Feuerstelle und einem roh gezimmerten Tisch, an dem eine einfache Bank und zwei Hocker standen. Sie setzten sich und Benazir nahm aus einer abgewetzten Ledertasche einen Block und schob ihn zu Moritz. Dann fingerte er aus seiner Hemdtasche, einen von zwei Stiften und legte ihn neben den Block:

„Du musst einen Brief an deinen Vater schreiben! Es ist alles organisiert! Bald kannst du wieder nach Hause!“

***

15. Dezember 2006

Der braune Aktenkoffer mit den 2 Millionen Lösegeld lag auf dem Beifahrersitz.

Ferdinand fuhr über den mittleren Ring wieder zur A 96. Er hatte Luca, den Chef des Oberpfaffenhofener Flughafens, schon auf der Fahrt zur Bank nach München gebeten, die Cessna für einen Flug nach Salzburg startklar zu machen. Luca hatte ihn informiert, dass für die Chiemsee-Region starke Gewitter angesagt seien, die aber nur lokale Ausmaße hätten. Hier in München schien die Sonne! Im Zweifel musste er halt dem schlechten Wetter ausweichen.

Wie hatte das alles nur passieren können? Sie waren doch eine so intakte liebevolle Familie gewesen! Ferdinand erinnerte sich an die Îl de Ré, auf der er damals Elena kennengelernt hatte, an die Hochzeit in dem kleinen Bergdorf, an die Geburt von Maximilian und Moritz. An Anna, das dritte Wunschkind und zur Freude der ganzen Familie eine Tochter. Dann der Nachzügler, der von allen verwöhnte Vincent. Er dachte an die herrliche Zeit, zusammen mit seinen Eltern, im gemeinsamen Haus am Ammersee. Sie alle hatten eine glückliche, sorgenfreie Zeit. Die Kinder waren doch behütet aufgewachsen. Zumindest hatte er immer das Gefühl. Auch nach dem Tod von Gilbert und Francine, die er so gerne jetzt um Rat gefragt hätte, war die Familie nur noch enger zusammengewachsen.

Wie er die Firma um- und ausgebaut hatte, um dann später zusammen mit Maximilian, Moritz und Anna ein richtig erfolgreiches Familienunternehmen geschaffen zu haben.

Dieses verfluchte Unglück vor Lanzarote hatte einfach alles zerstört!

Und jetzt dieser Brief, der die Wahrheit beinhalten musste, weil nur Moritz die darin beschriebenen Details wissen konnte. Die Darstellung von Maximilian, wie alles vor einem halben Jahr passierte, war gelogen! ER hatte die Bilder gekauft! Und damit das nicht ans Licht kam, hatte er versucht seinen Bruder umzubringen! Ferdinand konnte es trotz allem nicht glauben. Es war unfassbar!

Hoffentlich konnten sie Moritz bald wieder in ihre Arme schließen.

Vor ihm tauchte das Ausfahrtsschild Oberpfaffenhofen auf. Er verließ die Autobahn und bog ab zum Flughafen.

***

Ferdinand bestieg seine geliebte alte blauweiße Cessna. Gemäß Tower konnte er erst in 30 Minuten starten. Er legte das Lösegeld in den extra für die Cessna angefertigten und unter dem Pilotensitz eingebauten Tresor. Auch so eine Marktlücke – der Tresor für unterwegs –, den sie in den letzten Jahren erfolgreich im Markt platziert hatten.

Im Grunde hatten diese Leute Moritz das Leben gerettet und wollten jetzt dafür fürstlich entlohnt werden. Über die Bonität von Tassilo waren sie ja genauestens informiert. Vielleicht hatten sie sich auch deshalb so viel Zeit gelassen. Sechs Monate! Ein halbes Jahr lang hatten alle geglaubt, dass Moritz tot wäre. Diese furchtbare Trauer! Vor allem Elena hatte es so mitgenommen; sie hatte stark abgenommen und zog sich tagsüber meistens in ihr Zimmer zurück, wo sie dann Stunden lang vor den vermeintlichen Moritz-Gemälden saß und weinte. Aber er hatte ihr den Brief nicht zeigen können, sie hätte die Aufregung nicht ausgehalten, zumal es ja gar nicht sicher war, wie lange es noch dauern würde, bis Moritz wieder frei war.

Was hatte Maximilian nur getan? Wie konnte er mit dem Wissen über sein Verbrechen, den ganzen Lügen, die er ihnen aufgetischt hatte, täglich so konzentriert an seiner Seite die Tassilo-Geschäfte führen. Die Tränen, die er sich jetzt aus den Augen wischen musste, empfand er trotzdem als Freudentränen, da Moritz tatsächlich noch lebte.

In seiner Brieftasche steckte der Brief von den Entführern bzw. von Moritz.

Ferdinand nahm den Brief aus dem Kuvert und las ihn erneut, nun bestimmt zum 10. Mal.

„Lieber Daddy,
bitte nicht erschrecken. Ich bin nicht ertrunken, ich lebe und es geht mir gut.
Wie geht es Fabienne, Mum und Matheo? Warum ich mich erst jetzt melden kann, liegt an den Umständen und dem Verhalten meiner neuen Freunde. Ich darf auch nur zwei Seiten schreiben. Warum? Keine Ahnung.

Deshalb kurz das Wichtigste: Was hat euch Max erzählt? Wir hatten uns an Bord der Bavaria gestritten. Dort erfuhr ich von ihm, dass er heimlich, auf Kosten der Firma, Gemälde im Wert von € 4 Mio. gekauft hatte.
Daraufhin bin ich halt total ausgerastet. Auch, weil dadurch unser China-Projekt stark gefährdet wird. Ich bestand darauf, sofort nach Lanzarote zurückzusegeln, um mich mit dir besprechen zu können. Daraufhin riss Max wohl aus Wut das Ruder so plötzlich herum, dass ich das Gleichgewicht verlor und über Bord gegangen bin. Jetzt kommt das Einzige, das ich dir nicht erklären kann! Max hat nicht beigedreht, sondern ist einfach davon gesegelt.
War das Ruder bei dem Manöver kaputt gegangen oder wollte er mich tatsächlich absaufen lassen? Diese Frage verfolgt mich seit 5 Monaten, ohne dass ich auch nur ansatzweise eine nachvollziehbare Antwort finde. Was hat er euch erzählt? Habt ihr die Bilder noch? Was habt ihr dazu gesagt? Seeleute haben mich nach Stunden halbtot aus dem Meer gezogen.

Ich wurde dann in einem Fischerdorf an der marokkanischen Küste wieder ins Leben zurückgeholt und später ins Hinterland verfrachtet.
Nach Tagen in einer Zelle lebe ich mittlerweile in einer Berghütte mit zwei Schafhirten, die auf mich aufpassen müssen. Einer spricht sogar etwas Deutsch. Leider sind die Marokkaner davon überzeugt, dass sich meine Rettung für sie auszahlen muss. Die wollen € 2 Millionen (nur 50- und 100- Euro-Scheine). Ich hab alles versucht, denen klarzumachen, dass man so viel Bargeld nicht so schnell beschaffen kann. Das interessiert die Herren aber nicht. Auch alles andere steht bereits fest.
Daddy, ich hoffe, du schaffst das. Übergabe des Lösegeldes am 15. Dezember in Salzburg, Weihnachts-Markt am Schloss in Anif. Eine Frau wird dich zwischen 14:00 und 16:00 Uhr

ansprechen und dich fragen, ob du weißt, wo man Schutzengel kaufen kann. Die wissen, wie du aussiehst! Steck bitte eine Mio. in einen Rucksack, den du nach der Ansprache neben dich stellst, damit die Frau ihn unauffällig mitnehmen kann. Du bekommst danach einen Anruf, in dem man dir eine Telefonnummer nennt, unter der du mich erreichen kannst. Auch wird dir dann mitgeteilt, wo anschließend die Übergabe der zweiten Million stattfinden soll. Ich hoffe, du hast noch deine alte Handynummer, ansonsten lege bitte einen Zettel mit der aktuellen Nummer in den Rucksack.
Wenn die Jungs hier die Mitteilung bekommen, dass die 2 Mio. sicher bei ihren Freunden in Salzburg angekommen sind, werde ich in der Nähe der Deutschen Botschaft freigelassen (Rabat? Marrakech? Ich weiß es nicht) Ich glaube, die halten sich an alles. Auch weil man mir versichert hat, dass nur so das Vertrauen für die Zukunft aufgebaut werden kann, wenn bei Zahlung die betreffenden Personen immer gesund übergeben werden.
Daddy, bitte hilf mir.
Ich umarme euch und freue mich so sehr auf das Wiedersehen.

Dein Moritz“

Als das Startzeichen kam, legte Ferdinand den Brief zu dem Lösegeld in den Tresor, startete die Cessna, rollte langsam auf die Startbahn und hob ab in den bayerischen Winter-Himmel.

***

Das Telefon klingelte um 14:00 Uhr.

Elena wunderte sich, dass Ferdinand erst so spät und nicht auf dem Handy anrief, um ihr zu sagen, dass er gut in Salzburg gelandet sei. Zumal er doch jetzt schon mit seinen Kunden beim Essen war, wahrscheinlich im Goldenen Hirsch, seinem Lieblingsrestaurant.

„Ferry, wieso rufst du …?“

„Frau Tassilo?“, unterbrach sie eine fremde Männerstimme.

„Oh Entschuldigung, ich dachte, es sei mein Mann, ja Tassilo hier.“

„Frau Tassilo, mein Name ist Wolf von der Polizei in Rosenheim.“

„Polizei? Rosenheim? Worum geht es?“, fragte Elena jetzt etwas erregt.

„Frau Tassilo, wollte Ihr Mann heute mit seinem Flugzeug nach Salzburg fliegen?“

Bei Elena gingen sofort alle Alarmglocken an. Ihre Stimme wurde kurzatmig und leise.

„Was, was ist passiert, um Himmels willen, sagen Sie doch, ist was passiert?“

„Frau Tassilo, bitte beruhigen Sie sich, Ihr Mann lebt!“

„Oh Gott, was ist denn passiert?“, weinte Elena in den Hörer.

„Ihr Mann musste wohl eine Notlandung versuchen, wobei das Flugzeug stark zerstört wurde.

Ihr Mann ist leider schwer verletzt. Aber er ist bereits im Krankenhaus und wird zur Zeit operiert.

Ihre Telefonnummer haben wir aus den Unterlagen, die wir bei Ihrem Mann gefunden haben.

Frau Tassilo, besteht die Möglichkeit, dass Sie oder jemand aus Ihrer Familie hierher nach Rosenheim kommt!?“

Elena war im Ledersessel neben dem Telefon zusammengesunken und starrte auf die gegenüberliegende Wand, unfähig zu reagieren.

„Frau Tassilo, sind Sie noch am Apparat? … Frau Tassilo?“

„Ja, hallo, ja wir kommen“, flüsterte Elena.

„Frau Tassilo, Ihr Mann liegt im Klinikum Rosenheim, haben Sie jemanden, der fahren kann?“

„Ja, mein Sohn! Wir kommen, danke.“

Elena legte auf und blieb regungslos sitzen. Sie weinte nicht mehr, aber das Entsetzen hatte sie erstarrt. Ein paar Minuten später nahm sie das Telefon, das immer noch auf ihrem Schoß stand, und wählte die Handy-Nummer von Maximilian.

„Mum, hallo, was ist los?“

„Maximilian, komm schnell nach Hause, Dad liegt im Krankenhaus, er ist abgestürzt, wir müssen zu ihm!“

Maximilians bestürzte Reaktion konnte Elena nur noch aus der Ferne hören. Der Hörer war ihr aus der Hand geglitten und lag nun neben ihr im Sessel. Sie drückte auf die Trennungstaste und versank wieder in ihren Tränen.

***

Maximilian, der mit seinen Freunden im Pinello in Utting zusammengesessen hatte, erschrak, als er in Holzhausen vorfuhr und seine Mutter ihm bereits in der Einfahrt entgegenkam. Er hatte sie kaum wiedererkannt. Ihr Wintermantel schlingerte um die dünne Gestalt, aus deren Gesicht jegliche Farbe gewichen war. Nur das Dunkel um ihre Augen hatte sich noch verstärkt. Er hielt an, rannte um das Auto herum, öffnete die Tür und half Elena auf den Beifahrersitz.

„Was ist passiert, Mum?“, fragte Maximilian, während er sich hinter das Steuer setzte und den Wagen in der Einfahrt wendete.

„Ach Maximilian, warum muss das alles passieren? Was haben wir nur falsch gemacht?“

„Mum, was ist passiert?“, fragte Maximilian nun sehr aufgeregt.

„Ferdinand musste wohl notlanden. Er ist schwer verletzt und wird bereits in Rosenheim operiert“, weinte Elena in ihre vor das Gesicht gehaltene Winterhandschuhe.

„Wohin wollte Daddy bei dem Sauwetter?“

„Ich weiß es nicht, er hat gesagt, dass er dringend nach Salzburg müsse und spätestens morgen Abend wieder zurück sei.“ Elena schluchzte laut auf und konnte minutenlang nicht weiterreden.

„Er müsse irgendwelche Kunden treffen, die nur heute in Salzburg Zwischenstation machen. Deshalb wollte er das Flugzeug nehmen.“

Sie drehte sich zu Maximilian und sah ihm verzweifelt in die Augen: „Warum, sag mir, warum uns das alles jetzt passiert?“

Maximilian, dem beim Anblick seiner Mutter selbst die Tränen kamen, nahm ihre linke Hand und streichelte sie. Er wusste nicht, was er sonst zum Trost tun sollte. „Es wird alles gut Mum!

Daddy wirft so schnell nichts um, ich bin mir ganz sicher!“

„Dein Bruder … und jetzt Ferdinand …“, Elena verstummte und starrte jetzt nur noch aus dem Seitenfenster in das beginnende Schneetreiben.

Bis Rosenheim sagte keiner mehr ein Wort.

Maximilian konnte auch nicht genau sehen, ob Elena vielleicht sogar eingeschlafen war, sie hatte den Kopf immer noch von ihm weggedreht und er wollte, wenn es so war, sie nicht wecken.

Bei den Worten „dein Bruder“ war ihm kurz richtig schwindelig geworden. Seit nunmehr sechs Monaten war Moritz tot und es hatte in der Familie keine gefühlsmäßige Verbesserung gegeben. Aber man hatte ja auch nicht so einfach weitermachen können. Geschäftlich wirkte es sich noch nicht wirklich aus, da die Auftragsbücher voll waren, aber weder er noch Ferdinand kümmerten sich richtig um das wichtige Neugeschäft. Alle schlichen aneinander vorbei, keiner wagte das Unglücksthema anzusprechen. Elena redete, außer mit Ferdinand, eigentlich mit niemandem mehr. Sie hatte sich in ihre eigene Welt zurückgezogen. Und er lebte mit der Lüge, die ihm immer mehr zusetzte. Auch hatte er, bei jeder Begegnung mit seiner Familie, das Gefühl, dass alle, jeder Einzelne, ihm die Schuld an Moritz' Tod gab, natürlich ohne es auszusprechen.

Sie hatten ja Recht, er hatte total versagt, er war schuld!

Und jetzt die Tragödie mit seinem Vater. Diese Traurigkeit war kaum noch auszuhalten.

Kurz nach 16.00 Uhr erreichten sie das Klinikum in Rosenheim. Es herrschte reger Betrieb.

Auf Maximilians Frage nach seinem Vater bat man ihn und Elena sich kurz zu gedulden; man würde sich gleich um sie kümmern.

Das alles war zu viel für Elenas Nerven. Sie schrie die Dame an der Rezeption weinend an:

„Wir können nicht warten, mein Mann stirbt, ich muss sofort zu ihm, haben Sie das verstanden!"

Eine Ärztin, die in der Nähe den Vorfall mitbekam, eilte zu Elena: „Sind Sie Frau Tassilo, deren Mann mit dem Flugzeug abgestürzt ist?"

„Ja, Frau Doktor, wo ist mein Mann?"

„Frau Tassilo, beruhigen Sie sich bitte, alles wird gut! Ihr Mann wurde bereits operiert und er ist außer Lebensgefahr!

Aber er liegt auf der Intensivstation im künstlichen Koma, einem tiefen Schlaf, um den Heilungsprozess, so gut es geht, zu optimieren! Ich hole für Sie den behandelnden Arzt. Er wird Ihnen dann alles genau erklären. Später können Sie Ihren Mann auch sehen, versprochen."

Elena hielt sich an Maximilians Arm fest, schaute hoch zu ihrem Sohn und lächele, das erste Mal seit Monaten: „Max, Daddy wird überleben!"

***

18. Dezember

Salzburger Nachrichten 16. Dezember 2006

„– Münchener Unternehmer abgestürzt –

Der Münchener Unternehmer F. Tassilo (TTS-Tresore und Sicherheitssysteme) ist auf dem Weg nach Salzburg gestern mit seiner Privatmaschine verunglückt.
Nach Angaben der Polizei versuchte der Unternehmer, der alleine flog, auf Grund eines starken Schneesturms in der Nähe von Rosenheim eine Notlandung auf landwirtschaftlichem Gelände.
Die Maschine, vom Typ Cessna, überschlug sich bei der Landung. Herr Tassilo überlebte schwer verletzt. Er wurde ins Klinikum Rosenheim gebracht, wo er z. Zt. im künstlichen Koma liegt. Der Grund seines Fluges nach Salzburg ist nicht bekannt.“

Moritz starrte auf das 2 Tage alte Stück Papier, das ihm Youssef gerade gegeben hatte. Er zitterte plötzlich so stark, dass er das Fax aus der Hand fallen ließ.

Youssef klopfte Moritz sanft auf die Schulter: „Benazir sagt, hat nicht geklappt!?“

Moritz standen vor Wut und Trauer die Tränen in den Augen. Ohne den ganzen Mist hier wäre sein Vater nie in diese Katastrophe geraten. Bei so schlechtem Wetter fliegen, das hätte er normal nie gemacht! Nur um pünktlich in Salzburg zu sein. Und jetzt liegt er im Koma und keiner hier weiß, wie es ihm geht.

„Verflucht Youssef, lass mich mit meiner Familie telefonieren und ihr bekommt euer Geld. Ich muss jetzt nach Hause und mich um meinen Vater kümmern, verstehst du das, es könnte sein, dass er stirbt!?“

„Moritz, nicht so schnell. Wie soll ich verstehen? Du weißt, dass mein Deutsch nicht gut!“

Langsam wiederholte Moritz mit verzweifelter Stimme: „Auf dem Weg zu euren Freunden ist mein Vater abgestürzt, ich muss zu ihm! Lass mich mit meiner Familie telefonieren!“

Youssef schien es irgendwie leid zu tun, aber er wirkte auch leicht genervt: „Hohe Berge, kein Empfang, du weißt, dass kein Telefon hier! Telefon nur in Meesti! Warte auf Benazir! Kommt morgen!“

Die Angst um seinen Vater und seine eigene Hilflosigkeit machten ihn jetzt richtig wütend.

Das ganze Theater mit der Geldübergabe wieder von vorne? Wieder Monate der Ungewissheit und des Wartens? Er musste so schnell wie möglich hier weg!

***

19. Dezember

Die Maschine aus Vancouver hatte Verspätung.

Vincent wartete am Ankunftsgate auf Anna, die er jetzt schon ein paar Monate nicht mehr gesehen hatte. Anna hatte darauf bestanden, sofort nach München zu kommen, nachdem sie von Ferdinands Absturz erfahren hatte.

Und da war sie endlich: hübsch wie immer, die blonde Mähne allerdings nur noch bis zu den Schultern. Sie hatte einen Poncho um sich gewickelt, den sie fast verlor, als sie Vincent erkannte und losrannte. Die Geschwister fielen sich in die Arme.

„Vincent, wie geht es Daddy?", flüsterte Anna.

„Er liegt noch im künstlichen Koma, aber die Ärzte sagen, es gehe ihm gut. Er soll in zwei, drei Tagen geweckt werden. Anna, du brauchst dir keine Sorgen machen!"

Vincent löste sich aus der Umarmung und hielt Anna auf Abstand.

„Lass dich ansehen große Schwester. Kanada scheint dir gutzutun! Etwas zugelegt, oder!?"

„Quatsch, das ist eine Überraschung für Daddy. Ich bin schwanger!!"

Jetzt musste Anna lachen, als sie Vincents spontanen Freudentanz mitmachen musste.

„Das wird ihn freuen, uns alle, welcher Monat!?“
„Im 5. Monat! Erscheinungstermin April/Mai.“
„Weißt du schon, was es wird?“
„Sei nicht so neugierig, Überraschung!“

Beide verließen Arm in Arm und fröhlich die Ankunftshalle.

***

„Wir fahren erst mal ins Büro zu Max, er wollte dich auch unbedingt gleich sehen und danach zum Ammersee. Zu Daddy können wir erst morgen.“

„Wie geht es Mum, ist sie auch am Ammersee?“

Vincent ging um den Wagen herum, hielt Anna die Tür auf und wollte ihr beim Einstieg behilflich sein.

„Vincent, hör auf zu spinnen, ich bin nicht krank!“, lachte Anna.

„Mum wohnt z. Zt. in einem Hotel in Rosenheim. Sie sitzt den ganzen Tag am Bett von Daddy und unterhält sich mit ihm. Sie glaubt, er hört sie!? Wir holen sie morgen früh am Hotel ab.“

Sie fuhren aus dem Parkhaus heraus auf die Autobahn, Richtung München.

„Hast du dich in Kanada eingelebt? Eure Zahlen sind ja richtig gut, aber ich meine privat?"

„Alles perfekt! James möchte etwas außerhalb von Vancouver für uns ein richtiges kanadisches Blockhaus bauen, weil unsere Wohnung jetzt zu klein wird."

„Wow, das ist ja geil", freute sich Vincent, „wenn es fertig ist, komme ich euch drei sofort besuchen!"

„Bei uns passt im Moment wirklich alles, aber sag mir mal jetzt genau, wie das mit Daddys Absturz passieren konnte."

Um die richtige Abfahrt nicht zu verpassen, ließ Vincent bis zur Antwort ein paar Sekunden verstreichen:

„Wir wissen nicht, wohin Dad genau wollte und warum er die Cessna genommen hat. Mum sagt, er wollte Kunden in Salzburg treffen, die nur einen Tag vor Ort waren.

Schlechtes Wetter, Schneesturm. Er hat noch einen Notruf abgegeben, dass er Motorprobleme habe und eine Notlandung riskieren müsse. Er hatte richtig Glück, dass die Cessna nicht in Flammen aufgegangen ist. Aber sie hat sich bei dem Landeversuch auf einem Acker überschlagen und Dad wurde schwer verletzt. Nach mehreren Operationen haben sie ihn dann, zur besseren Heilung, ins künstliche Koma versetzt."

„Und Weihnachten wecken wir ihn auf und feiern zusammen die Zukunft", freute sich Anna.

„Sag mal kleiner Bruder, du hast die Betreuung aller Filialen übernommen!? Gratuliere!

Hastest du dein Studium überhaupt schon beendet?"

„Klar, schon vor 4 Monaten! Ich glaube, es klappt ganz gut, nur der eine oder andere Filialleiter muss sich noch an mich gewöhnen, ich erscheine denen wohl als noch sehr jung. Und mein Dresscode passt auch noch nicht. Ich kann einfach nicht im Anzug arbeiten!

Aber ich habe mich mit Dad jetzt auf Jackett und Jeans geeinigt. Passt schon“, lachte Vincent.

„Wie geht es Fabienne und Matheo?“

„Keine große Veränderung, Fabienne wohnt und lebt mit uns, Matheo hatte ich schon letztes Jahr im Augsburger Segelclub untergebracht: Da geht er voll drin auf und es lenkt ihn gut ab.

Aber Fabienne ist wie eine immer traurige, liebe Schwester. Sie weigert sich, Moritz für tot zu erklären. Kontakt hat sie eigentlich hauptsächlich zu Mum und Dad und zu mir. Maximilian und Fabienne gehen sich irgendwie höflich aus dem Weg. Das braucht alles noch mehr Zeit!“

Vincent fuhr aufs Firmengelände und parkte stolz auf einem für ihn ausgewiesenen Parkplatz: (Vincent Tassilo/Junior-Partner)

„Ich will auch einen Platz mit meinem Schild (Anna Monroe/International Partner/Kanada)“, protestierte Anna lachend.

Maximilian hatte sie schon entdeckt und kam ihnen entgegen. „Die kleine Anna, welch eine Freude! Wie war der Flug?“

„Angenehm und fast pünktlich, großer Bruder“, sagte Anna und umarmte Maximilian.

„Kommt rein, ich habe ein paar Butterbrezn für euch."

„Oh toll", freute sich Anna, „eine bayerische Begrüßung, das Einzige, was in Kanada wirklich fehlt."

Maximilian führte sie in sein Büro, wo der Besuchertisch für sie eingedeckt war. Nach einer Stunde intensiven lustigen Geschwister-Austausches, ohne dass Maximilian etwas von Annas Zustand bemerkte, wurde er dringend ans Telefon gebeten:

„Herr Luca Firelli vom Flughafen braucht Sie wegen der Cessna", entschuldigte sich die Sekretärin für die Störung.

Maximilian ging ins Sekretariat und kam kurz darauf wieder ins Büro:

„Vincent, kannst du mir einen Gefallen tun!?"

„Klar Max, was soll ich machen?"

„Die haben gerade das Flugzeugwrack nach Oberpfaffenhofen gebracht, nachdem die Polizei es gestern in Rosenheim freigegeben hatte. Im Cockpit liegen noch etliche Sachen von Dad. Könntest du auf dem Weg zum Ammersee dort kurz haltmachen und die Sachen rausholen. Ich schaffe das heute nicht mehr!"

„Kein Problem, komm Anna, dann hauen wir auch gleich ab."

***

„Krass“, war das Einzige, was Vincent hervorbrachte.
Anna schlug die Hände vors Gesicht: „Wie hat Daddy das überleben können?“

Die Cessna war ein flügelloser Haufen Schrott!

„Das Cockpit hat sich als einziges gut gehalten“, bemerkte Vincent, „das wird ihm das Leben gerettet haben. Komm, lass uns die Sachen von Daddy rausholen.“

Vincent hockte sich auf der noch leicht schneebedeckten Wiese, die ums Wrack herum aber sehr matschig war, vor das türlose Cockpit. Das ursprüngliche Fahrwerk war nicht mehr existent!

Luca kam von der Flugzeughalle quer über das Flugfeld zu der benachbarten Wiese, auf der man das Wrack abgeladen hatte. Schon von weitem rief er:

„Grüß Gott, Frau Tassilo, hallo Vincent.“
„Frau Monroe!“
„Wie bitte?“, fragte Luca.
„Ach ist schon gut“, lächelte Anna, als Luca bei ihr angekommen war.
„Wie geht es Ihrem Vater?“
„Er liegt noch im künstlichen Koma, aber in ein, zwei Tagen wird er geweckt, es soll ihm gut gehen, danke.“

Vincent kroch wieder rückwärts aus dem Cockpit: „Grüß dich Luca, viel ist es ja nicht. Hat die Polizei die Sachen, die evtl. auf dem Acker verstreut waren, auch ins Cockpit gelegt?“

„Keine Ahnung, Vincent, das Transportunternehmen hatte nur die Aufgabe, den Schrott hier abzuliefern. Die hatten keinerlei Infos. Aber Vincent, du solltest mal im Tresor nachschauen, vielleicht liegt da ja noch was drin!“

„Der mobile Tresor, genau Luca, hast du die Zahlenkombination?“

„Nein, leider nicht!“

Vincent schlängelte sich wieder in das doch gründlich deformierte Cockpit.

Ganz hinten, unter dem Pilotensitz, hing der längliche Tresor, übrigens eine Idee von Moritz, dessen Verschraubung man nur bei geöffneter Tresortür lösen und dann wie einen Koffer mit Tragegriff mit zum Termin nehmen konnte.

„Anna, hast du zufällig eine Ahnung, was Dad für Zahlen benutzt haben könnte, 6-stellige?“

„Nein, aber meistens sind es doch Geburtstage, um sie nie zu vergessen!“

Vincent versuchte die Zahlen seiner Eltern:

„Mum und Dads Zahlen sind es schon mal nicht!“

„Sein erster Enkel, Matheo!?“, schlug Anna vor.

„Wann war das nochmal genau?“

„06. 06. 97“, half Anna

„Falsch.“

„Ciao ihr zwei, ihr wisst, wo ich bin, falls ihr mich noch braucht. Grüße und gute Besserung an Ferdinand“, verabschiedete sich Luca.

„Ciao Luca.“

Vincent versuchte es mit 04. 08. 83 und es machte klick!
Sofort schossen ihm Tränen in die Augen: Es war sein Geburtstag!

„Anna, er ist offen!“
„Super, ist was drin?“
„Ja, jede Menge Geld.“
„Geld? Wieso Geld?“

Anna kroch jetzt auch ins Cockpit und setzte sich auf den kaputten Rest vom Sitz des Co-Piloten. Vincent reichte ihr ein Bündel nach dem anderen.

„Verdammt, was soll das, das ist ja ewig viel Geld!“
„Addiere mal die Banderolen! Hier ist auch ein Brief!“

Vincent holte den Umschlag hervor, auf dem lediglich „z. Hd. Herrn Ferdinand Tassilo“ stand, und setzte sich neben Anna. Er nahm den Brief aus dem Umschlag und hielt ihn so, dass beide ihn gleichzeitig lesen konnten:

Schon beim ersten Satz schrien Anna und Vincent gleichzeitig auf und lagen sich in den Armen:
„Moritz lebt!!“

„Lass uns weiterlesen“, fieberte Anna. Aber Vincent konnte seine Hand nicht mehr richtig ruhig halten. „Gib her, ich lese vor!“ Aber auch Anna kam nicht richtig voran, weil sie immer wieder durch ungläubige Zwischenfragen, auch von sich selbst, die jeweilige Passage wiederholen musste. Nach zweimaligem Lesen ließ sie den Brief sinken und starrte genauso wie ihr Bruder aus dem fensterlosen Cockpit:

„So ein Wahnsinn!“, staunte Vincent leise vor sich hin.

„Moritz lebt!“, lachte Anna und umarmte ihren Bruder erneut.

„Vincent, was machen wir jetzt, warten, bis die sich wieder melden?“

„Was ist, wenn sie sich nicht melden?“

„Aber Dad ist doch abgestürzt, da kann doch Moritz nichts dafür!“

„Anna, das alles wissen die in Marokko vielleicht gar nicht. Die wissen nur, dass die Geldübergabe nicht stattgefunden hat und sind sauer!? Wir müssen die Polizei einschalten!“

„Daddy hat das aber anscheinend vermieden, um das Leben von Moritz nicht zu gefährden“, warf Anna ein, „ich sag doch, wir müssen auf den nächsten Kontakt von den Entführen warten, die kennen ja unsere Adresse!“

Vincent drehte sich zu seiner Schwester:

„Was hältst du davon, ich rufe die Deutsche Botschaft in Marokko an und frage, was wir machen sollen. Wenn ich die Polizei anrufe, steht es gleich morgen in der Zeitung!“

Anna konnte nicht sagen, ob das sinnvoll war oder nicht, stattdessen sagte Sie: „Was machen wir mit Maximilian? Können wir es Mum erzählen? Wir müssen sofort Fabienne benachrichtigen!“

„Langsam Anna, ich glaube, wir müssen jetzt genau nachdenken, bevor wir handeln. Dad liegt im Koma und er hat es Mum nicht gesagt, sie weiß nichts! Maximilian hat auch keine Ahnung!

Wir fahren jetzt nach Utting ins Pinello, wo uns heute sicher keiner der Familie über den Weg läuft, setzen uns hinten in die Weinstube und planen genau die nächsten Schritte. Und erst dann fahren wir nach Hause, okay!?“

Sie hatten während der Fahrt vereinbart, dass jeder für sich seine Gedanken sortiert, um sie später zur Diskussion stellen zu können. Trotzdem konnte keiner verhindern, immer wieder erregte Worte vor sich her zu sprechen, begleitet von permanentem Kopfschütteln.

20 Minuten später parkten sie vor dem kleinen italienischen Lokal.

***

Roberto, der Chef des Lokals, der sich sehr freute Anna mal wiederzusehen, merkte sofort, dass die Geschwister unter Stress standen. Die kleine Weinstube, die aus einem Tisch und rundum gefüllten Weinregalen bestand, war noch frei. Er brachte den beiden auf Wunsch eine große Flasche Wasser und schloss die Tür zum Rest des Lokals.

„Was sagst du jetzt eigentlich zu Maximilian?“, fragte Anna als Erstes.

„Ich kann das alles überhaupt nicht verstehen. Max bringt doch nicht seinen eigenen Bruder um, das kann gar nicht sein!“

„Vorhin sass er uns noch gegenüber, als liebster Bruder der Welt! Dabei hat er uns alle bei dem Segelunfall angelogen und auch bei den Bildern!“

„Das stimmt! Und warum hat Max nicht beigedreht? Wollte er wirklich wegen dieser doofen Bilder Moritz ertrinken lassen? Das glaube ich einfach nicht! Vincent schaute Anna fragend in die Augen. „Wie ist er überhaupt auf die Idee gekommen, Bilder zu kaufen?“

„Maximilian sollten wir es besser nicht erzählen“, sinnierte Anna. „Der Stress, der dann mit Rechtfertigungen und Fragen der Familie losgeht, der nützt uns jetzt gar nichts!“

„Aber er könnte uns vielleicht helfen“, meinte Vincent.

„Womit denn? Aufgrund seiner Lügen wollte er sowieso, dass Moritz tot ist, sonst wäre er aufgeflogen! Nein, Maximilian muss sich später vor der ganzen Familie verantworten. Dem sagen wir nichts“, erregte sich Anna und schlug auf den Tisch.

Gäste aus dem Nachbarraum, die man durch eine kleine Scheibe sehen konnte, wurden kurz aufmerksam, konzentrierten sich aber sofort wieder auf ihr Essen.

„Die erste Priorität von Dad war die Rettung von Moritz“, sagte Vincent. „Mum konnte er es, nach ihrer letzten Herz-Attacke, nicht erzählen. Er musste sie auf jeden Fall schonen. Also Mum können wir es nicht sagen, das ist nach wie vor zu gefährlich! Bleibt also nur Fabienne!“

„Ja, Fabienne müssen wir es jetzt sofort sagen“, stimmte Anna zu. „Was machen wir mit dem Brief und dem ganzen Geld?“

„Den Brief kopiere ich, das Original geben wir Fabienne, das Geld stecke ich vorläufig in meine Segeltasche. Okay, lass uns fahren!“

„Halt Vincent, setz dich wieder hin! Ich kann morgen früh unmöglich mit Maximilian zu Mum und Dad fahren: Daddy ist nicht ansprechbar, mit Mum darf ich nicht darüber reden und Maximilian kann ich noch nicht mal in die Augen schauen, ohne dass es mich zerreißt!“

„Anna, da müssen wir jetzt aber durch. Wir müssen Moritz und auch die Familie retten, bevor hier die Panik ausbricht und alles wie wild durcheinander läuft. Auch muss Maximilian in Ruhe die Firma weiterführen, er darf, wie du richtig sagst, nicht mal ansatzweise etwas bemerken.

Daddy kann uns nicht helfen, wir sind auf uns alleine gestellt! Versprich mir bitte durchzuhalten!“

„Ist schon gut“, nickte Anna.

„Also, ich rufe morgen früh die Botschaft in Marokko an und wenn später hoffentlich doch noch eine Nachricht von den Entführern kommt, umso besser, dann können wir entsprechend reagieren.

Jetzt fahren wir zu Fabienne und überbringen ihr die schönste Nachricht aller Zeiten!“

Beide verließen die Stube; die Flasche Wasser stand noch unberührt auf dem Tisch.

„Ich zahle morgen“, rief Vincent Roberto zu, der nur kurz nickte und etwas traurig den Tassilos nachschaute.

***

Vincent rannte hoch in sein Zimmer, in dem er für sich auch ein kleines Home-Office eingerichtet hatte, stellte den Koffertresor neben den Schreibtisch, kopierte Moritz' Brief und lief zurück zu seiner Schwester.

„Meinst du, Fabienne ist da?“, fragte Anna.

„Sie ist eigentlich immer zu Hause, warte, ich rufe aber besser vorher mal an.“

„Vincent?“

„Servus Fabienne, hast du gerade Zeit, Anna ist da und würde dich gerne sehen. Können wir kurz rüberkommen?“

„Klar, ich freue mich! Aber ich kann euch nichts anbieten.“

„Nicht so schlimm, okay, bis gleich!“

Anna und Vincent gingen auf dem Gartenweg über die Wiese zu dem auf einer kleinen Anhöhe stehenden Haus. Ferdinand hatte es nach der Geburt von Matheo für Fabienne und Moritz bauen lassen. Ein kleines modernes Fachwerkhaus, das zum See hin fast komplett verglast war.

Fabienne, schlank wie immer, die braune Löwenmähne hochgesteckt, wartete schon auf der auf Grund der Dämmerung bereits beleuchteten Terrasse und schwenkte eine Flasche Wein in der Hand:

„Ich habe noch was gefunden, aber nicht besonders kalt."

„Ach Fabienne, das ist doch nicht wichtig", umarmte Anna ihre Schwägerin, „ist Matheo auch zu Hause?"

„Er ist beim Training, Fußball, seine neue Leidenschaft, er ist doch seit kurzem im TSV Utting in seiner Mannschaft, Torwart!"

„Wie, will er dem Segeln untreu werden?", feixte Vincent.

„Ich hoffe nicht, aber im Moment gibt es für ihn nach der Fußball-Weltmeisterschaft nur noch Bayern München und Oliver Kahn", schmunzelte Fabienne.

Während sie sich im gemütlichen Esszimmer hinsetzten, mit Blick auf den abendlichen Ammersee, und Vincent die Flasche öffnete und die Gläser füllte, strahlten Anna und Vincent so intensiv vor sich hin, dass Fabienne verwirrt fragte:

„Was ist los mit euch, ihr seht aus, als hättet ihr im Lotto gewonnen!?“

„Besser!“, lachte Vincent.

Anna hob ihr Glas und prostete beiden zu: „Auf die Zukunft!“

Fabiennes Gesichtsausdruck verfinsterte sich sofort.

„Sagt mir einfach, was los ist, bitte!“

„Moritz lebt!!“

Fabienne schien sofort wie versteinert! Mit aufgerissenen Augen starrte sie, den Mund halb offen, die Geschwister flehend an und bewegte nur ungläubig den Kopf von links nach rechts.

Anna und Vincent antworteten lachend mit bejahendem Nicken.

In Fabiennes Gesicht kehrte die Farbe zurück und Tränen verschleierten jetzt ihren Blick:

„Oh Gott, ist das wahr?“

„Jaja“, sprudelte es aus Anna heraus, die jetzt Fabienne, welche aufgesprungen war, fest in ihre Arme schloss: „Er lebt!“

Während Anna Fabienne langsam zum Sofa im Wintergarten führte, ließ Fabienne jetzt ihren Freudentränen freien Lauf. Auch Vincent wischte sich glücklich die Augen und setzte sich zu den beiden.

„Wo ist er?“

„In Marokko!“

„Wo?“

Vincent holte den Brief hervor und legte ihn vor Fabienne auf den Tisch.

„Was ist das?“, wollte Fabienne weinend wissen.

„Ein Brief von Moritz“, flüsterte Anna ihr ins Ohr.

Fabienne löste sich von Anna, rutschte vor zur Sofakante, nahm das Kuvert und begann den zweiseitigen Brief zu lesen. Nach dem ersten Satz musste sie gleich wieder so heftig weinen, dass ein Weiterlesen unmöglich wurde. Anna nahm ihr ganz langsam den Brief aus den Händen, schubste Fabienne sachte zurück ins Sofa und begann den Brief vorzulesen.

Fabienne ließ ihre Augen geschlossen und hörte nur noch schweigend zu.

Nach Ende des Briefes und ein paar Sekunden der absoluten Ruhe öffnete Fabienne die Augen: „Wo habt ihr den Brief her?“

„Aus dem Flugzeugwrack vor zwei Stunden, zusammen mit dem ganzen Geld!“, antwortete Vincent.

„Die Übergabe war am 15. Dezember! Verdammt, als Ferdinand abgestürzt ist! Das war vor 4 Tagen!“ Fabienne wurde immer verzweifelter: „D. h., das hat alles nicht stattgefunden! Was machen die Entführer jetzt mit Moritz, wenn sie ihr Geld nicht bekommen?"

Die Erleichterung, die Freude darüber, dass Moritz lebte, wich bei Fabienne einer panischen Stress-Situation.

„Beruhige dich Fabienne", versuchte Vincent den plötzlichen Umschwung zu steuern. „Ich rufe gleich morgen bei der deutschen Botschaft in Marokko an und frage, was wir tun können."

„Die können uns doch gar nicht helfen, die wissen doch auch nichts", weinte Fabienne jetzt wieder.

„Vielleicht doch", meinte Vincent, „da gibt es doch öfter Entführungen und die kennen womöglich den Einen oder Anderen, der dahinterstecken könnte!?"

Fabienne schüttelte den Kopf: „Aber dann gefährden wir doch auch Moritz!"

Die Wohnungstür wurde aufgeschlossen und ein fröhliches „Hey Mama", erklang vom Flur.

„Frank und ich wollen noch 'ne Stunde mit der Playstation spielen, wir gehen gleich hoch zu mir, wir haben keinen Hunger, okay?"

Vincent und Anna signalisierten, dass jetzt keine Familienbegrüßung stattfinden musste.

„Okay", sagte Fabienne, „aber wirklich nur eine Stunde, es ist schon 18:00 Uhr und stockdunkel!"

„Geht klar Mama!“, hörte man noch Matheo, während beide die Treppe hoch stürmten.

„Was machen wir jetzt?“, fragte Fabienne und blickte wieder beiden Geschwistern fragend in die Augen. „Matheo darf ich es noch nicht sagen, oder!?“

„Sei nicht böse Fabienne, ich muss das für mich auf morgen vertagen“, sagte Anna, „ich habe seit 25 Stunden nicht mehr geschlafen und das Adrenalin der letzten Stunden kommt gegen den Jetlag nicht mehr an. Mir fallen gerade die Augen zu, sorry.“

Durch das Terrassenfenster konnte man in dem Moment einen Lichtkegel sehen, der kurz das Ufer und den See anstrahlte. Fabienne sprang auf, hastete zum Lichtschalter und schaltete das Licht aus.

„Das muss Maximilian sein! Wenn er bei mir noch Licht sieht und weiß, dass ihr da seid, kommt er bestimmt rüber! Das kann ich im Moment nicht ertragen!“

Alle starrten in völliger Dunkelheit zu dem anderen Haus, dessen automatische Außenbeleuchtung jetzt ansprang.

„Dann müssen wir jetzt rüber“, warf Vincent ein, „sonst sucht uns Maximilian bestimmt. Mein Auto steht im Carport!“

„Vincent, du kannst mich jetzt nicht allein lassen“, flüsterte Fabienne.

„Ich komm später wieder, versprochen!“

„Fabienne, kommst du morgen mit nach Rosenheim?“, fragte Anna noch im Gehen.

„Nein, bestimmt nicht! Vincent, ich warte auf dich!“

„Okay, bis gleich.“

Anna und Vincent verließen das Haus durch die Eingangstür und erreichten die Tassilo-Villa über den Vorplatz.

Als sie die Villa betraten, war die Küche hell erleuchtet und Maximilian nahm sich gerade eine Flasche Bier aus dem Kühlschrank.

„Hey, da seid ihr ja. Wart ihr bei Fabienne?“

„Ja, aber ich muss jetzt ins Bett“, sagte Anna, „nach 25 Stunden kann ich mich einfach nicht mehr wachhalten! Gute Nacht ihr zwei.“ Auf der Treppe drehte sich Anna noch mal um: „Ach Vincent, wann müssen wir morgen los?“

„Nicht vor 9:00 Uhr, ich wecke dich!“

Maximilian nahm eine zweite Flasche Augustiner aus dem Kühlschrank und reichte sie Vincent.

„War noch was Wichtiges im Flugzeug?“

„Nein, nur Klamotten und Karten, ein leerer Aktenkoffer und ein Rucksack.“

„Hast du im Tresor nachgeschaut?“

„Ja, leer!“

„Okay. Machst du heute Abend noch was?“

Vincent wäre normaler Weise noch gerne mit Maximilian ins Pinello auf einen schönen Rotwein gegangen. Es war erst halb sieben. Aber das war heute nicht möglich! So machen, als wenn nichts passiert wäre? Es gab tausend Fragen, die er seinem Bruder stellen müsste! Er konnte sich jetzt nicht verstellen.

„Heute nicht, ich geh hoch, bin auch ziemlich platt! Morgen früh muß ich wieder mit Mum nach Rosenheim!“

„Ach ja Rosenheim, ich habe in der Klinik angerufen. Daddy wird frühestens am Donnerstag aus dem Koma geweckt. Ich komme morgen nicht mit. Sag Mum bitte, dass ich wichtige Termine habe.“

Vincent stellte seine halb leere Flasche Bier auf den Küchenblock:

„Mach ich Max, bis morgen.“

Beide hoben noch die Hand zum Gruß, Vincent verließ die Küche und ließ Maximilian alleine zurück.

***

19. Dezember

Moritz lag auf seiner Matratze und starrte zur Decke, genauer gesagt durch eine undichte Stelle des Daches in den Sternenhimmel und beobachtete, wie die paar Sterne, die man sehen konnte, langsam weiterzogen und durch neue ersetzt wurden. Wie damals in seinem Baumhaus.

Jetzt in den Wintermonaten wurde es früh dunkel und er und auch die beiden anderen Ziegenhirten lagen oft schon um neun/zehn Uhr im Bett. Dafür mussten sie, wegen der Tiere, um sechs aber auch wieder raus.

Benazir war nicht aufgetaucht. Sogar Youssef war irritiert, so lange nichts von ihm zu hören.

Warum meldeten sich die Entführer nicht mehr? War ihnen die Polizei vielleicht auf die Schliche gekommen und sie verhielten sich im Moment unverdächtig und nahmen deshalb keinen Kontakt mehr zu ihm auf!? Warum durfte er nicht wenigstens mal telefonieren. Irgendein Lebenszeichen von seiner Familie, von Fabienne, Matheo und vor allem von Ferdinand, würde ihm helfen weiter durchzuhalten. Physisch war er okay, aber seit einem halben Jahr war er von jeglicher Information, auch über das weltweiten Geschehen, vollkommen abgeschnitten. Dieser Zustand war einfach nur sinnlos und unerträglich!

Ein lautes Motorengeräusch schreckte ihn aus seinen Gedanken.

Er stand auf und ging zur Vorderwand seiner Kammer, öffnete das Astloch eines alten Brettes und versuchte zu erkennen, was vor der Hütte vor sich ging.

Er erblickte einen großen Pritschen-Lastwagen, der unterhalb der Hütte vor dem Ziegenstall stehen blieb. So spät noch, das war ungewöhnlich. Jetzt konnte er auch Said und Youssef sehen, wie sie die kleine Böschung zum LKW hinuntergingen. Der Fahrer öffnete die hintere Ladeklappe und ließ mehrere Bretter als Aufstiegshilfe herunter. Dann wurden etliche Ziegen aus dem Stall, unter aufgeregtem Gemecker und Hundegebell, auf den LKW getrieben. Als der Fahrer die Klappe wieder schloss, drängelten sich mindestens 20 Ziegen auf der Ladefläche.

Nach ein paar aufmunternden Worten von Youssef erklärte sich der LKW-Fahrer bereit noch mit in die Hütte zu kommen, wahrscheinlich für ein wenig Käse, Fladenbrot und grünen Tee, ihre Hauptnahrung hier oben in den Bergen. Auch war so ein Treffen die einzige Möglichkeit für Said und Youssef, mal etwas Neues zu erfahren.

Der Entschluss kam spontan! Entweder jetzt oder nie!

Er hatte erst gestern in seiner Kammer, an der Außenwand zum Berg hin, die morschen Holzlatten so bearbeitet, dass er ohne Probleme ins Freie konnte. Er schlüpfte in seine Klamotten und zog seine Jacke an, eine Art leichter Parka aus Ziegenleder, den man ihm für die kältere Jahreszeit zugeteilt hatte. Vom Hocker nahm er noch das Fax, faltete es zusammen und stopfte es in seine Hosentasche.

Leise bewegte er sich am Rand der Kammer, wo die Fußbodenbretter nicht so knarrten, zu seinem Schlupfloch.

Draußen überraschte ihn die kalte Abendluft. Die Jacke enger um sich ziehend, lief er die im Mond gut beleuchtete Böschung hinunter zum LKW.

Um ihn herum sprang plötzlich der Hirtenhund Hafa, freudig erregt. Aber da er Moritz gut kannte, wedelte er nur mit dem Schwanz und hielt die Schnauze. Moritz bedeutete Hafa still zu sein, der sich darauf hinsetzte und mit zur Seite geneigten Kopf Moritz fragend anzuschauen schien.

Moritz stieg auf der zur Hütte abgewandten Seite auf den LKW-Reifen und schwang sich über die Seitenwand der Ladefläche zwischen die permanent meckernden Ziegen.

Mit Ziegen kannte er sich ja mittlerweile aus und wusste, dass die Tiere durch ihn nicht in Panik geraten würden. Sie würden nur, auch aus Rücksicht auf ihn, noch etwas mehr zusammenrücken, ohne ihn zu verletzen. Er robbte langsam Richtung Fahrerhaus und kauerte sich unter das Rückfenster, so dass der Fahrer ihn sicher nicht sehen konnte.

Über ihm der Sternen bedeckte Abendhimmel in seiner ganzen Pracht, nur unterbrochen von der ein oder anderen Ziege, die ihn neugierig beschnupperte. Die Situation war fast schon komisch, dachte Moritz.

Die Ziegen beruhigten sich langsam und nach ca. einer halben Stunde hörte er Stimmen von der Berghütte. Sofort schlug Hafa an und rannte den drei Männern bellend entgegen. Youssef streichelte den Hund, der an ihm hochsprang, und blieb vor der Hütte stehen, während der Fahrer sich verabschiedete und hinunter zum LKW ging.

Der LKW wurde angelassen, was zu einer durchdringenden Vibration und wieder lautstarkem Ziegengemecker führte, fuhr ein Stück geradeaus, drehte und fuhr langsam nochmal an der Böschung, auf der Said und Youssef standen, vorbei. Moritz, dem das Herz jetzt bis in die Schläfen pochte, konnte sie sehr gut sehen, da Said zum Abschied eine Laterne schwenkte. Beide schauten dem LKW winkend hinterher.

Er hatte es geschafft! Selbst wenn Said und Youssef seine Flucht jetzt schon bemerken würden, konnten sie niemand alarmieren, auch nicht den Fahrer, da sie ja keine Handys hatten.

Die Feldwege waren die reinste Tortur. Auch die Ziegen wurden hin und her geschüttelt, weil sie aber so dicht beieinander standen, konnte nichts passieren. Nach einer gefühlten Stunde und dunkel vorbeiziehender Landschaft konnte Moritz niedrige Häuser erkennen, deren Fenster zum Teil beleuchtet waren.

Vielleicht ist das Meesti, dachte Moritz, und womöglich fährt der LKW weiter zum Schlachthof nach Sidi Ifni? Das wäre einfach perfekt. Sidi Ifni sollte die nächst größere Stadt am Meer sein. Zumindest hatte Youssef das mal erwähnt. Da gibt es bestimmt Hotels, da würde man ihm helfen.

Sie rumpelten durch den kleinen Ort und fuhren danach auf einer offenbar asphaltierten Straße wesentlich ruhiger in die Nacht hinein.

Moritz war nach einiger Zeit, trotz der Rüttelei und der permanenten Meckerei der balancierenden Ziegen, auf der Ladefläche eingenickt.

Lautes Hupen und vorbei wehende marokkanische Musik holten ihn zurück in die Realität.

Rechts und links höhere Häuser, große Palmen und ab und zu eine bunte Leucht-Werbung zu Geschäften oder Restaurants. Das war bestimmt die Stadt am Meer und er musste jetzt runter vom Laster. Aber nicht hier, hier war zu viel los und es war zu hell erleuchtet.

Der LKW schien immer mehr ins Zentrum zu fahren, bog dann aber in eine Seitenstraße ein.

Sofort war es still und dunkel. Moritz schubste zwei, drei Ziegen zur Seite und schaute über die Seitenwand der Ladefläche. Eine kleine enge Straße, die jetzt vom Scheinwerferlicht des Lastwagens schwach beleuchtet wurde, in der keine Autos parkten und zu beiden Seiten Häuser standen, mit sehr schmalen Bürgersteigen. Vor manchen Hauseingängen lagen größere Müllsäcke.

Da der LKW hier sehr langsam fuhr, wahrscheinlich auf Grund des jetzt schlechteren Straßenbelags, sprang Moritz über die Seitenwand der Ladefläche und blieb nach einer Rolle vorwärts seitlich am Straßenrand liegen. Sein Fußgelenk schmerzte heftig und er war mit dem Kopf auf der Bordsteinkante aufgeschlagen. Er rappelte sich auf und schaute nach links und rechts. In der Dunkelheit war niemand zu sehen. Der LKW war bereits an der nächsten Ecke und bog ab.

Jetzt war er tatsächlich alleine! Er war endlich frei!

Moritz humpelte in Richtung des Lasters davon, nur weg von der Hauptstraße. An der nächsten Straßenkreuzung war der LKW nach rechts bergauf abgebogen. Er wollte zu einem Hotel und die waren bestimmt in der Nähe des Meeres. Immer unter der Annahme, dass er in Sidi Ifni war.

Zum Meer ging es auf jeden Fall bergab, also nach links.

Moritz wunderte sich über das ein oder andere Gebäude mit sauberen weiß-blauen Fassaden. Er war zurück in der Zivilisation und die war hier auch noch sehr ansprechend!

Nach zwei weiteren spärlich beleuchteten Quergassen wurde der gerade Straßenverlauf durch eine kleine Grünfläche unterbrochen. Er setzte sich neben einen Baum auf eine niedrige Steinmauer und begutachtete seinen leicht geschwollenen Fuß.

Während er das Gelenk massierte und ihm dabei seine Haare ins Gesicht fielen, wurde ihm plötzlich klar, dass er so, wie er aussah, überhaupt nirgendwo hingehen konnte. Seine mittlerweile langen Haare und sein Bart waren verfilzt, seine Hose und sein Hemd brauchten dringend eine Wäsche und waren zudem in einem erbärmlichen Zustand.

Bei den Hirten war die Hygiene doch bedenklich vernachlässigt worden … von allen. Er hatte es gar nicht mehr richtig registriert. Klar, Waschen und Zähneputzen, mit Wasser aus Kanistern, waren tägliches Ritual. Aber ansonsten … Ihm wurde jetzt bewusst, welchen Geruch alleine seine Jacke aus Ziegenleder verbreitete. Er selbst duftete bestimmt auch nicht besonders angenehm, vor allem nach den Stunden zusammen mit den Ziegen.

So konnte er unmöglich in ein Hotel! Er musste sich waschen, also runter ans Meer!

Aber es war Dezember und schon die Nachtluft war ganz schön kalt.

Moritz stand auf, ging quer über den Rasen und folgte der Gasse weiter bergab. Kurz darauf konnte er das Meer bereits hören und der leichte auflandige Wind brachte ihm eine herrliche Meeresbrise.

Auf dem ganzen Weg, seit er vom LKW gesprungen war, hatte er kaum Menschen gesehen.

Nur ab und zu vor Hauseingängen saßen noch ein paar Marokkaner, die sich unterhielten, ihn aber gar nicht beachteten.

Dann endlich sah er im Mondlicht den Atlantischen Ozean.

Der Strand war leer. Es war auch bestimmt schon weit nach Mitternacht. Da er keine Uhr hatte, orientierte er sich seit Monaten am Stand von Sonne und Mond, um in etwa die Zeit abzuschätzen.

Moritz zog sich aus, lief hinunter zum Meer, das ihn mit einer leichten Brandung und richtig kaltem Wasser begrüßte. Er tauchte kurz unter und lief sofort wieder zurück zum Strand. Dann schrubbte er sich mit dem Sand am ganzen Körper ab und lief zurück ins Meer. Das wiederholte er zweimal, bevor die Kälte ihn zwang, damit aufzuhören. Moritz versuchte, so gut es ging, das Wasser vom Körper abzustreifen, und zog die alten Sachen wieder an.

Etwas oberhalb vom Strand fand er in einer Felsennische einen windstillen Platz. Er rieb sich die Arme, die Beine und die Brust, um sich einigermaßen warm zu bekommen. Was auch immer das Bad im Meer gebracht hatte, er fühlte sich jetzt wohler. Moritz zog seine Beine ganz eng an den Körper und schloss seine Jacke um sich, so fest es ging.

Jetzt musste er warten, bis das Leben in diesem marokkanischen Ort wieder erwachte.

***

20. Dezember

Noch vor Sonnenaufgang wurde es Moritz einfach zu kalt. Er musste sich bewegen! An Schlafen war sowie so nicht zu denken, auch war er viel zu aufgeregt. Seit Stunden dachte er darüber nach, was er im Hotel sagen würde.

Er zog seine verschlissenen Schuhe aus, lief über den Sand und joggte barfuß am Meer entlang.

Sein Fußgelenk war schon wieder einigermaßen okay. Er merkte aber sehr schnell, dass er überhaupt keine Kondition mehr hatte. Alle hundert Meter musste er anhalten, ein Stück spazieren gehen, um danach weiterlaufen zu können. Nach zwei, drei Kilometern drehte er um und lief wieder zurück zum Ort.

Es wurde immer heller und ein paar hundert Meter vor sich sah er zwei Personen, die ihm entgegenliefen. Jetzt nur nicht auffallen, sagte sich Moritz, Joggen am Strand ist für die Urlauber hier doch ganz normal.

„He Junior, mach ma langsam, ick will doch nich zur Olympiade."

Die deutschen Worte ließen Moritz innerlich aufjubeln. Als die beiden Männer kurz vor ihm waren, blieb Moritz stehen: „Entschuldigung, darf ich Sie mal kurz stören?"

Der Ältere von beiden, etwas korpulent, hielt keuchend an: „Ick brauch eh ne Pause, Thomas bleib ma stehen!" Er schaute Moritz ein wenig zweifelnd an: „Sind Sie Deutscher?"

„Ja, aus München, aber ich brauche Hilfe."

„Haste ken Jeld mehr?"

„Nein, ich bin vor sechs Monaten hier in Marokko entführt worden und konnte jetzt entkommen."

„Entführt?", auch der Jüngere war nun neugierig zurückgekommen.

„Na warte ma", übernahm der Ältere das Kommando, „jetzt setzten wa uns hier in Sand und du erzählst uns ma jans ruich, wat passiert is."

Sie setzten sich zu dritt in eine Art Kreis und Moritz begann seine Kurzberichte über das letzte halbe Jahr. Zum Schluss zeigte er beiden noch das verknitterte Fax mit der Zeitungsnotiz vom Absturz seines Vaters.

„Na, wenn dit ma nich ne total verrückte, aber auch traurige Jeschichte is?! Übrigens, ick bin Werner, Werner Henke, und dit is mein Filius, Thomas."

„Ich heiße Moritz Tassilo."

Werner legte Moritz die Hand auf die Schulter: „Mann Moritz, wat haste durchjemacht! Aber wie könn wa dir denn jetzt helfen?"

„Ich muss telefonieren, wenn es geht nach Hause oder mit der deutschen Botschaft!“

„Die is in Agadir, det wes ick, mit Handy telefonieren is hier allerdings nischt“, fuhr Werner grinsend fort: „Aber wat hältste denn erstmal von ne Dusche?“

„Und was Anderes zum Anziehen“, mischte sich Thomas jetzt ein, der das alles ziemlich spannend fand, „ich hab noch jede Menge Jogging-Klamotten, die müssten dir passen!“

„Das wäre alles zu schön, um wahr zu sein“, lachte Moritz, „aber ich habe überhaupt kein Geld.“

„Jetzt hör ma uff, Moritz, det brauchste och nich! Jetzt jen wa zum Hotel, da wäschte dir, ziehst die Sachen vom Thomas an und dann jehn wa frühstücken, okay?! Und dann besprechen wa, wat wa allet machen können. Monika, meine Frau, wird Bauklötze staunen, wenn ick ihr dit erzähle. Die schläft aber noch, is ja noch nich ma Acht.“

Moritz konnte das alles gar nicht begreifen. Sollte er mit den beiden sympathischen Berlinern so ein Glück haben!?

Das Hotel war nicht weit vom Strand entfernt und alle drei gingen ungehindert vom Garten ins Gebäude.

„Thomas, bleib ma mit Moritz noch kurz hier sitzen, ick muss Mutti erst ma wecken, na die wird schauen!“

Das Hotel schien auch noch zu schlafen. Zumindest hatte Moritz bis jetzt noch keinen Menschen gesehen. „Ist der

Ort hier Sidi Ifni?", fragte Moritz Thomas. „Klar, hier fahren wir jedes Jahr im Dezember in den Winterurlaub, weil in Berlin zu der Zeit das Wetter meistens doof ist."

Nach ein paar Minuten winkte Werner von der Treppe beiden zu, mit hochzukommen.

Das war wie im Paradies, eine heiße Dusche, Shampoo und Seife, welch ein Luxus! Moritz brauchte eine gefühlte Ewigkeit, bis er davon überzeugt war, wieder richtig sauber zu sein.

Frau Henke, auch etwas vollschlank, passend zu ihrem Mann, hatte ihm lächeln noch eine Schere gegeben: „Für den Bart und die Haare; obwohl ick die Haare eijentlich janz jut finde!"

***

10:00 Uhr

Starker Regen, zum Teil mit Schnee vermischt, machte die Fahrt nach Rosenheim nicht gerade zum Erlebnis. Die Scheibenwischer leisteten Schwerstarbeit. Im Autoradio lief klassische Musik.

„Was hast du gestern noch mit Maximilian gesprochen und warst du bei Fabienne?“, unterbrach Anna die Geräuschkulisse.

Vincent machte die Musik leiser. „Max wollte nur wissen, ob wir was Besonderes im Flugzeug gefunden haben. Ich war nicht in der Lage, mit ihm zu reden. Ich bin gleich nach dir hoch.

Mit Fabienne habe ich dann später noch bis Mitternacht alle denkbaren Varianten durchgespielt. Aber erst mal hat Fabienne nur geweint und immer wiederholt, dass Moritz lebt und wir jetzt alles tun müssen, um ihn zu retten.“

„Das ist ja auch verständlich, wenn sie seit einem halben Jahr davon ausgehen muss, dass er tot ist“, meinte Anna.

„Ja klar, ich habe auch immer wieder versprechen müssen, dass er bald wieder zu Hause ist.

Maximilian war gestern natürlich immer wieder das Thema! Ob es nicht besser wäre, ihn gleich zur Rede zu stellen!? Aber wir kamen, genauso wie wir gestern im Pinello, beide zu dem Schluss, dass es einfach keinen

Sinn ergibt. Nur wir wissen, dass Moritz gerettet wurde und man ihn danach entführt hat."

„Daddy weiß es auch!", sagte Anna.

„Genau, wir sollten bezüglich Max warten, bis Dad wieder wach ist und er seinen Sohn zur Rede stellen kann."

Die Fahrt durch München erwies sich auf dem Mittleren Ring wie immer als nervige Stauphase.

Nach etlichen Spurwechseln gab Vincent auf und überließ sich dem langsamen Verkehrsfluss in Richtung A 8.

„Vincent, das heißt, wir unternehmen jetzt nichts!?"

„Ich habe heute früh schon in der Deutschen Botschaft in Marokko, in Rabat, angerufen. Die können gar nichts machen! Wir müssen die Entführung hier bei der Polizei melden, die setzt sich mit dem Auswärtigen Amt in Verbindung und die nehmen dann Kontakt zur Deutschen Botschaft in Marokko auf, um denen entsprechende Weisungen zu erteilen."

„Geht's noch komplizierter?", erregte sich Anna.

„Ich habe denen in der Botschaft ein Fax gesendet, mit dem Datum der Entführung, Name und Adresse von Moritz und unseren Telefonnummern, Fax- und E-Mail-Adressen. Wir müssten zur Polizei, aber ich weiß nicht, ob das der richtige Weg ist!? Fabienne hat wahnsinnige Angst, dass wir Moritz in Lebensgefahr bringen."

Die nächsten 20 Minuten schwiegen beide.

„Vielleicht sollten wir auch mit der Polizei warten, bis Daddy wieder aufgewacht und fit ist", meldete sich Anna zurück, „außerdem wollen die Entführer doch immer noch Geld und die Kontakt-Personen in Salzburg werden bestimmt von dem Flugzeugabsturz in der Presse erfahren haben. Die melden sich auf jeden Fall!"

„Aber wir können doch jetzt, wo wir wissen, dass Moritz lebt, nicht einfach hier sitzen und warten, bis ein neuer Brief auftaucht!", erwiderte Vincent und schlug mit der rechten flachen Hand aufs Lenkrad.

„Uns bleibt doch gar nichts anderes übrig", sagte Anna. Nach einer kurzen Pause fragte sie:

„Meinst du die Deutsche Botschaft in Marokko informiert jetzt die deutsche Polizei!?"

„Die machten nicht den Eindruck, selbst aktiv werden zu wollen! Ich weiß es nicht!"

Nach einer kurzen Pause fuhr Vincent fort: „Was Fabienne übrigens gestern noch mal richtig aufgebracht hat, war die Lüge mit den Bildern. Dass Moritz jetzt seit 6 Monaten als der Idiot dasteht, der Firmengelder in bunte Bilder investiert hat. Sie hatte sich gegenüber der Familie selbst dafür geschämt, zumal sie damals ja gefragt wurde, ob sie davon gewusst hätte!? Ich hoffe, dass sie sich in ihrer Wut Maximilian nicht selbst noch vornimmt. Ich habe versucht, sie davon zu überzeugen, es nicht zu tun!"

„Ich bin aber auch so fassungslos über Maximilians Verhalten, dass ich wirklich nicht weiß, was ich machen soll, wenn er mir gegenübersteht." Anna schreckte plötzlich hoch und drehte sich zu Vincent: „Was ist, wenn der Brief der Entführer im Büro bei Maximilian ankommt?"

„Ja verflucht, darüber haben wir noch nicht nachgedacht."

„Hast du Maximilian heute früh getroffen?"

„Nein, der ist schon um 8:00 Uhr ins Büro", sagte Vincent, während er vor dem Hotel einparkte.

Vincent und Anna liefen, im immer noch heftigen Schneeregen, zum Hoteleingang, an der Rezeption vorbei, direkt in den Frühstücksraum.

Elena hatte sie sofort entdeckt und winkte ihnen zu. Die lange und intensive Umarmung von Mutter und Tochter nutzte Vincent für einen kurzen Zwischenstopp am Frühstücksbuffet. Zu Hause hatten sie, um nicht zu spät zu kommen, nur einen Kaffee getrunken. Zudem hatte Elena sofort erkannt, dass Anna schwanger war, was zu einer lebhaften Unterhaltung zwischen beiden führte.

Alle drei setzten sich an den Frühstückstisch und auch Anna hatte sichtbar Hunger:

„Sorry Mum, aber ich habe seit der Butterbrezn gestern vom Max nichts mehr gegessen."

„Lass es dir schmecken", freute sich Elena, „du musst jetzt für zwei sorgen; oh, Ferdinand wird richtig glücklich sein! Ach, wo ist eigentlich Maximilian?"

„Der hat leider wichtige Termine, aber Morgen kommt er sicher, hat er versprochen", antwortete Vincent.

„Wie geht es Daddy?“, fragte Anna, während sie ein Croissant mit viel Butter und Marmelade verschlang.

„Ich glaube, er kann mich hören, manchmal bewegt er seine Finger in meiner Hand, zwar sehr schwach, aber irgendwie reagiert er. Spätestens am Wochenende soll er geweckt werden. Sein Herz und seine Organe funktionieren alle ganz normal!“

„Wie ist das, wenn er aufwacht, erkennt er uns dann sofort und weiß, was passiert ist?“, wollte Anna wissen.

„Die Ärzte meinen, dass die volle Genesung nach dem Aufwachen noch ein paar Tage dauern werde. Wir müssen ihn dann vorsichtig und langsam wieder an alles heranführen.“

Anna nahm die Hände von Elena in ihre Hände: „Alles wird wieder gut, Mum!“

Elena lächelte mit Tränen in den Augen ihre Tochter an: „Ja Anna, hoffentlich!“

Vincent, der den Wagen vor den Hoteleingang gefahren hatte, half Elena und Anna beim Einsteigen und fuhr in Richtung Klinikum davon.

***

10:00 Uhr

Mit einer ziemlich neuwertigen blauen Jogginghose, weißem T-Shirt, einer weiß-blauen Baseballjacke und weißen Tennisschuhen saß Moritz nun, als neuer Mensch, in Marokko am Frühstückstisch der Familie Henke. Alle drei strahlten ihn an.

„Na wat fürn Unterschied, siehst richtich jut aus Moritz!", freute sich Werner, „und musst doch Hunger haben, hau rein!" Monika reichte ihm ein Korb mit marokkanischem Brot.

„Und meine Klamotten passen genau, wie ich gesagt habe", lachte Thomas.

„Danke für alles und ja, ich habe Hunger. Aber können wir nicht erst mal in München anrufen?

Ich zahle euch später alles zurück, versprochen", bat Moritz.

„Mach dir ma keen Kopf, Moritz", sagte Werner, „dit machen wa doch jerne! Ick jeh jetzt zu Mustapha ins Büro. Dit is hiern kleenes Familienhotel, da musste so wat anmelden. Die ham keene Rezeption!"

„Kann ich gleich mitgehen", fragte Moritz.

„Klar, komm mit, bistn Freund von uns, der uns besucht!"

Sie betraten einen kleinen Raum, dessen Tür groß mit OFFICE beschriftet war. Mustapha saß versteckt hinter Aktenordnern auf einem weißen Plastikstuhl und rauchte irgendein marokkanisches Kraut, jedenfalls roch es gewöhnungsbedürftig.

„Hi, Mustapha, my friend must phone to Germany!"

Mustapha zog die Augenbrauen nach oben und man hatte sofort das Gefühl, dass jetzt etwas sehr Kompliziertes bevorstand. Er stand auf, behielt die Zigarette im rechten Mundwinkel und ging zum gegenüberliegenden Regal. Er nahm das alte Telefon, entwirrte die lange Schnur und gab es Moritz in die Hand: „Try, sometimes it doesn't work!?"

Moritz setzte sich auf eine kleine Bank neben der Tür und wählte mit der Wählscheibe etwas zittrig die Telefonnummer vom Ammersee. Er bekam sofort Freizeichen und kurz danach forderte der von Fabienne besprochene Anrufbeantworter ihn auf liebenswürdige Weise auf, eine Nachricht zu hinterlassen. Allein die Stimme von Fabienne brachte ihn fast aus der Fassung:

„Fabienne, ich bin es, ich konnte fliehen, ich bin frei! Wie geht es dir, wie geht es Matheo? Fabienne ich sehne mich so nach dir, nach euch. Ich bin bald wieder zu Hause! Ich liebe dich.

Bis bald. Moritz."

Er legte auf und sah Werner traurig an: „Nur der Anrufbeantworter! Ich versuche es im Büro!"

Diesmal knisterte es in der Leitung und das anschließende Freizeichen schien viel weiter entfernt. Moritz' Nervosität ließ sein Gesicht rot aufglühen. „Immer noch Freizeichen!? Mist, wieso ist da keiner?"

„Tassilo, Tresore und Sicherheitssysteme, Reinhold, guten Morgen."

„Frau Reinhold, grüß Sie, hallo", seine Stimme überschlug sich vor Freude, „nicht erschrecken, ich bin es, Moritz!"

Keine Reaktion.

„Frau Reinhold, hören Sie mich?"

„Herr Tassilo, sind Sie das wirklich? Sie leben?", stammelte Frau Reinhold. „Moment, Herr Tassilo, bleiben Sie bitte am Apparat!"

„Frau Reinhold, hallo", wiederholte Moritz mehrmals.

„Was ist los?", wollte Werner wissen, der immer noch gegenüber von Moritz stand und bis jetzt bei jedem Wort mitfieberte, „keine Verbindung mehr?"

„Die Sekretärin hat gesagt, ich soll am Apparat bleiben, aber jetzt meldet sie sich nicht mehr!?"

Frau Reinhold lief durch das Sekretariat und öffnete völlig aufgelöst die Tür zu Maximilians Büro:

„Herr Tassilo!"

„Frau Reinhold, was ist passiert, Sie sind ja ganz blass, was ist los?“

„Ihr Bruder ist am Telefon!“

Maximilian erschrak: „Vincent? Ist was mit meinem Vater?“

„Moritz!“

Der Name seines Bruders bewirkte bei Maximilian einen so großen Schock, dass ihm die Luft wegblieb. Er starrte Frau Reinhold mit einem irren, zweifelnden Blick an. Dann griff er hektisch zum Hörer, drückte die Gesprächstaste und schrie ins Telefon:

„Hallo? Moritz?“

„Ja! Wer ist da? Maximilian?“

„Moritz, du lebst!?“

„Ja Bruder, ich lebe“, antwortete Moritz leicht irritiert.

Maximilian konnte nicht mehr antworten, da er den plötzlichen Weinkrampf, der jetzt folgte, nicht unter Kontrolle hatte. Frau Reinhold, die sofort zu Maximilian gerannt war, nahm ihm den Hörer aus der Hand:

„Herr Tassilo, Ihr Bruder kann gerade nicht, wir alle dachten, Sie seien ertrunken!“

Maximilian, der immer noch nach Luft schnappte, nahm Frau Reinhold den Hörer wieder ab und weinte ins Telefon:

„Moritz, du lebst! Wo bist du?“

Moritz, der die ganze Reaktion nicht einordnen konnte, da die Familie doch wissen musste, dass er noch lebte, versuchte seinen Bruder zu beruhigen:

„Max, ich lebe, mir geht es gut, ich bin in Marokko, hat dir Dad nichts erzählt?“

„Dad erzählt? Nein!“

„Wie geht es Dad?“

Dann war die Verbindung plötzlich weg. Beide riefen noch ein paarmal den Namen des Bruders, aber die Leitung war tot. Mustapha, der das emotionale Gespräch erstaunt verfolgt hatte, zuckte mit den Schultern: „I told you, sorry.“

Moritz versuchte es noch paarmal, aber bereits nach der Vorwahl für Deutschland bekam er das Besetzt-Zeichen.

„Ich muss zur Deutschen Botschaft! Werner, gibt es eine Busverbindung nach Agadir? Wie weit ist das? Kann ich bitte noch mal telefonieren? Ich will versuchen die Botschaft anzurufen!“

„Mustapha, do you have the Number of the German Embassy in Agadir?“ Mustapha blickte Werner fragend an. „My friend was a long time far away from home and he lost his passport! We must go there!“

10:30 Uhr

Maximilian wischte sich die Tränen aus den Augen, nahm sein Jackett und drehte sich zu Frau Reinhold: „Wenn Moritz sich wieder meldet, rufen Sie mich bitte sofort auf dem Handy an. Ich muss jetzt zu seiner Frau, Fabienne. Ich kann ihr das unmöglich am Telefon erzählen.

Er lebt, Frau Reinhold!!"

Mit oft überhöhter Geschwindigkeit lenkte Maximilian seinen Wagen über die A 96 in Richtung Ammersee.

Er war so aufgeregt, dass er keinen klaren Gedanken fassen konnte, obwohl er es versuchte. Was sollte Dad ihm erzählen? Wusste er, dass Moritz lebte? Wieso hatte Moritz gefragt, wie es Dad ging, er konnte von dem Absturz doch gar nichts wissen?! Tausend Fragen, aber keine konnte er sich im Moment beantworten.

Moritz lebte, das war das Wichtigste! Jetzt würde alles wieder gut werden!

Als er in Holzhausen in die Einfahrt einbog, sah er Fabienne, wie sie mit Einkaufstüten vom Auto zum Haus ging. Er sprang aus seinem Wagen:

„Fabienne!"

Fabienne, die gerade die Eingangstür aufschloss, blickte sich um und sah entgeistert, wie Maximilian auf sie zu rannte. Bei ihr angekommen, lachte er sie euphorisch an:

„Fabienne, Moritz lebt!“

Fabienne versuchte erstaunt zu wirken: „Was, woher weißt du das?“

„Er hat mich gerade angerufen!“

Jetzt erschrak Fabienne richtig. Das war neu! Moritz war frei? Mit vibrierender Stimme schaute Fabienne Maximilian in die Augen:

„Er hat angerufen? Er hat DICH angerufen??“

Fabienne ließ die Einkaufstüten und Maximilian in der Tür stehen, lief zu ihrem Telefon und drückte auf den Anrufbeantworter, dessen Info-Knopf rot leuchtete:

„Sie haben eine neue Nachricht.“

Bei den Worten von Moritz stieß sie einen leisen Schrei aus, ließ sich aufs Sofa fallen und fing bitterlich an zu weinen: Ausgerechnet in dem Moment bin ich nicht zu Hause, dachte Fabienne, aber es ist wahr, er lebt und er konnte tatsächlich fliehen! Er war jetzt frei!

Neben ihr stand Maximilian, der die Tüten reingetragen und die Haustür geschlossen hatte, und versuchte sie zu beruhigen. Er berührte ihren Arm und lächelte sie an:

„Er hat mir gesagt, dass er in Marokko ist, danach war die Verbindung leider unterbrochen.

Fabienne, Moritz lebt, er ist bald wieder da!“

Fabienne nahm seine Hand von ihrem Arm und rückte von ihm weg.

„Fabienne, was ist los?“

„Maximilian, setzt dich!“, Fabiennes Stimme klang plötzlich hart und abweisend.

Maximilian verstand gar nichts mehr, weder den Ton und die Reaktion von Fabienne noch Moritz’ Ansage, dass er fliehen konnte und frei sei.

Fabienne stand auf, nahm ihre Handtasche und setze sich wieder hin.

Sie suchte Moritz’ Brief und überreichte ihn Maximilian.

Während Maximilian kreidebleich und mit immer verzweifelterer Miene las, beobachtete Fabienne ihren Schwager voller Hass: Er war schuld an allem und hatte gelogen. Er hatte versucht Moritz umzubringen, um sein eigenes Fehlverhalten seinem Bruder in die Schuhe schieben zu können. Aber jetzt, nach sechs quälenden Monaten, war endlich Schluss. Dieser Mensch musste aus ihrem Leben verschwinden.

Nach kurzer Zeit des Schweigens sah Maximilian mit leeren Augen auf, legte den Brief ab, erhob sich und ging zur Terrassentür.

„He, was hast du dazu zu sagen?“

Maximilian zeigte keine Reaktion, öffnete die Tür und ging langsamen Schrittes über die Wiese davon.

***

11:00 Uhr

Nach zwei Telefonaten hatte Mustapha herausbekommen, dass es in Agadir tatsächlich eine deutsche Vertretung gab. Er schrieb Adresse und Telefonnummer auf und gab Werner den Zettel.

„Na also, hab ick doch jewusst", triumphierte Werner und reichte die Notiz weiter an Moritz.

„Mach ma nich gleich auf Entführung, sag det mit dem verlorenen Pass, dat de n Termin kriegst!"

„German Consulate, how can I help you?"

„Hello, my name is Tassilo, I am from Germany, from Munich ..."

„Herr Tassilo, Sie können Deutsch sprechen, mein Name ist Altinger, Herbert Altinger."

„Perfekt, Herr Altinger, ich habe meinen Pass verloren und ich muss kurzfristig zurück nach München, können Sie mir helfen!?" Werner nickte zustimmend.

„Moritz Tassilo? Ist das richtig?", fragte Herr Altinger.

Moritz stutzte, hatte er seinen Vornamen überhaupt schon genannt?

„Ja, Moritz, woher ...“

„Herr Tassilo, ich habe heute früh bereits eine Vermissten-Meldung von der Deutschen Botschaft in Rabat bekommen. Sie brauchen jetzt am Telefon nichts weiter erzählen. Wo sind Sie jetzt?“

Moritz war wieder richtig aufgeregt: „In Sidi Ifni, Herr Altinger.“

„Gut, das sind ca. 170 km. In 3 Stunden könnten Sie hier sein! Können Sie sich ein Taxi nehmen, wir zahlen es, mit dem Bus dauert es zu lange. Haben Sie jemanden, der Ihnen helfen kann?“

„Kleinen Moment, Herr Altinger.“ Moritz wandte sich an Werner: „Gibt es hier Taxis?“

„Wir hab'n nen Leihwagen, ick fahr dir“, freute sich Werner.

Moritz lachte Werner an: „Ja, klappt, Herr Altinger, wir fahren gleich los, ich komme, vielen Dank.“ Moritz war wie aufgedreht, glücklich und voller Tatendrang.

„Herr Tassilo, da wir nur bis 12:30 Uhr Publikumsverkehr haben, melden Sie sich bitte beim Pförtner, er bringt Sie dann zu mir. Gute Fahrt.“

„Vielen Dank, Herr Altinger.“

Moritz legte auf, stand auf und umarmte Werner: „Mensch Werner, ihr seid meine wahren Schutzengel, wie kann ich das nur wieder gutmachen!?“

„Hör uff, Moritz, ick sach ma schnell Monika und Thomas Bescheid, bin gleich wieder da“, und zu Mustapha gewandt: „ Mustapha, I pay the Telephone-Calls later, we must start now, thank you very much for your help!“

„Yes, thanks a lot“, drehte sich auch Moritz noch mal zu Mustapha um, „we will be in Agadir in 3 hours! Possible?“

Mustapha zuckte mit den Schultern: „Maybe, have a good trip!“

Moritz rannte in den Frühstücksraum, wo Werner offenbar in Sekundenschnelle seine Familie schon informiert hatte: „Moritz, wir freuen uns, viel Glück!“, sagte Monika und überreichte beiden noch ein kleines Frühstückspaket, das sie und Thomas vorausschauend bereitet hatten:

„Ihr habt ja nischt jejessen!“

***

12:00 Uhr

Der Regen hatte aufgehört.

Als sein Handy klingelte, lief Vincent gerade mit Elena und Anna zum Eingang des Klinikums.

„Hallo?"

„Vincent, du musst sofort kommen!", hörte er eine sehr aufgeregte Fabienne.

„Wir sind gerade auf dem Weg zu Ferdinand, ich ruf später zurück, okay?"

„Moritz hat angerufen und Maximilian war hier, er weiß alles!"

Vincent war etwas hinter Elena und Anna zurückgeblieben: „Mum, Anna, geht ihr schon vor, ich muss gerade was in der Firma klären, komme gleich nach!"

Anna nickte und verschwand mit Elena im Klinikum.

Vincent konnte das eben Gehörte überhaupt nicht begreifen: „Moritz hat selbst angerufen?"

„Ja, er hat auf meinen Anrufbeantworter gesprochen, er konnte fliehen! Ich war leider nicht zu Hause."

„Aber das ist ja genial!“

„Weil ich nicht da war, hat Moritz dann im Büro angerufen und Maximilian erreicht. Maximilian ist sofort zu mir rausgefahren, um mir die ‚freudige‘ Botschaft zu überbringen. Ich konnte in dem Moment nicht anders, er sollte wissen, dass wir seine Lügen bereits kennen und er jetzt Rede und Antwort stehen muss! Aber er ist, nachdem er den Brief gelesen hatte, einfach abgehauen, ohne ein Wort zu sagen!?“

„Hat Moritz gesagt, wo er jetzt ist?“

„Zu Maximilian hat er gesagt, dass er immer noch in Marokko sei, aber danach war die Verbindung unterbrochen. Moritz hat seitdem auch nicht mehr angerufen. Auf dem Anrufbeantworter hat er gesagt, dass er sich nach uns sehnt und bald wieder zu Hause ist, mehr nicht.“

„Das ist fantastisch! Wir müssen es jetzt aber sofort Elena sagen, bevor sie es von anderen oder sogar von Max erfährt. Fabienne, ich muss jetzt in die Klinik und versuchen mit Anna zu sprechen, wie wir es Elena beibringen können. Bleib du bitte zu Hause, falls Moritz sich noch mal meldet. Ich ruf dich später wieder an!“

Er traf Anna vor der Intensivstation, während Elena sich gerade mit dem behandelnden Arzt unterhielt. Vincent klärte Anna schnell über den aktuellen Stand auf, mit dem fragenden Blick, wer es Elena erzählt. Er gab ihr aber gleichzeitig den Brief von Moritz, dessen Kopie er seit gestern stets bei sich getragen hatte. Anna war komplett überrumpelt, flüsterte aber euphorisch mit leuchtenden Augen: „Moritz ist frei und hat angerufen!?“ Vincent konnte nur noch freudig nicken.

Elena kam lächelnd auf beide zu: „Wir müssen noch warten, sie bereiten gerade schon was für die Aufwachphase vor. Morgen ist es so weit! Früher als gedacht!“

Anna legte ihren Arm um Elenas Schulter und führte sie zur nahegelegenen Sitzgruppe: „Mum, wir müssen dir etwas zeigen!“

„Ist schon wieder was passiert?“

„Die Reste der Cessna sind gestern nach Pfaffenhofen geliefert worden. Wir haben ein paar Sachen von Daddy aus dem Flugzeugwrack geholt. Zum Beispiel diesen Brief!“

Anna drückte Elena jetzt fest an sich und flüsterte ihr ins Ohr: „Moritz lebt!“

Elena schreckte auf, gab unverständliche Laute von sich, verdrehte die Augen und verlor das Bewusstsein. Anna schrie nach einem vorbeigehenden Arzt: „Hallo, Hilfe, meine Mutter ist gerade ohnmächtig geworden!“

Nach ein paar Sekunden kam Elena wieder zu sich. „Was ist passiert?“, fragte Elena den Arzt, der jetzt neben ihr saß, noch mit belegter Stimme.

„Sie waren kurz ohnmächtig, ich würde Sie gerne einmal genauer untersuchen.“

„Mir geht es gut, nicht notwendig, aber vielen Dank. Ich ruhe mich auch kurz aus!“

Elena drehte sich zu Anna und bemerkte den Brief, den Anna immer noch in den Händen hielt: „Was ist das für ein Brief?“

„Mum, bitte nicht mehr aufregen, bleib ganz ruhig, es ist was sehr Schönes! Ein Brief von Moritz, er lebt!“

Jetzt funkelten die grünen Augen von Elena und wie selbstverständlich nahm sie den Brief und las ihn mit ernster Miene. „Daddy wollte das Geld überbringen, was aber nun nicht geklappt hat!“

„Moritz hat vorhin bei Fabienne angerufen, er konnte fliehen, es geht ihm gut“, begeisterte sich Anna.

Jetzt wurde Elena doch wieder kurzatmig und griff sich an die Brust.

Anna und Vincent setzten sich sofort rechts und links von Elena und umarmten sie beide: „Mum bitte beruhige dich, Moritz ist bald wieder da, das müssen wir morgen Daddy erzählen!“

Der Gedanke an Ferdinand ließ sie ruhiger werden. Aber das eigene Kind nach sechs Monaten wieder ins Leben zu holen, überstieg ihre Kraft. Sie nahm sich erneut den Brief und verschlang ihn langsam Zeile für Zeile. „Kennt Maximilian den Brief?“

„Fabienne hat ihm den Brief vor einer Stunde gezeigt!“, antwortete Vincent.

„Wo ist Maximilian jetzt?“

„Er war am Ammersee. Nachdem er den Brief gelesen hat, ist er ohne ein Wort von Fabienne weggegangen, keine Ahnung wohin“, erklärte Vincent.

„Frau Tassilo, Sie können jetzt zu Ihrem Mann“, unterbrach der Arzt das Familiengespräch.

„Anna und Vincent, geht ihr erst einmal zu Daddy, ich kann noch nicht. Ich bleib noch einen Moment bei Moritz. Sagt Daddy, dass ich ihm nachher alles erzähle. Und Vincent, nimm mich bitte nachher mit nach Hause, ich bleibe heute nicht hier, ich muss mit Maximilian reden, bevor Ferdinand morgen aufwacht!“

***

14:00 Uhr

Die ersten Stunden auf der N 1 in Richtung Agadir waren durch die vielen Episoden des eigenen Lebens, vor allem von Werner, sehr kurzweilig gewesen. Moritz hatte gar keine Chance, über die Ungereimtheiten der letzten Infos nachzudenken: Wer wusste in der Familie Bescheid und wer nicht? Und wieso hatte gerade heute die Botschaft eine Vermisstenanzeige? Auch musste sich Moritz immer wieder in Erinnerung rufen, dass er in Sicherheit war. Das mulmige Gefühl, dass ein Benazir plötzlich doch wieder auftaucht, konnte er noch nicht ganz abstreifen.

Rechts und links der Straße waren jetzt vereinzelt ausgedehnte Stoppelfelder und mit Planen bedeckte Gewächshäuser. Erst kurz vor Agadir begann wieder das marokkanische Leben. Männer, mit zum Teil langen Kapuzenmänteln, trieben Lasten-Esel vor sich her. Verschleierte Frauen transportierten am Straßenrand ihre Körbe auf dem Kopf. Sie passierten kleine Cafés und Teestuben, die, ausschließlich von Männern, gut besucht waren und sahen die ersten Metzgereien mit ausgestellten Schafsköpfen und Tierhälften und überall freilaufende Hunde und Katzen.

„Bei die Hygiene weißt de nie, ob de dit überlebst“, kommentierte Werner die appetitlichen Auslagen.

„Sicher bist du nur als Marokkaner, die sind schon immun und kennen das nicht anders, oder!?“

„Ick sach zu Mustaphas Frau immer nur: jut durchbraten, bitte!"

Beide lachten und waren bester Stimmung.

„Moritz, jib ma mal den Zettel von Mustapha mit die Adresse von dit Konsulat."

Werner hielt am Straßenrand an, nahm die Notiz und ging zu einem vor ihm parkenden Taxi. Nach einer kurzen Ansprache reichte er dem Taxi-Fahrer Geldscheine durchs Fenster und kam zurück zum Wagen.

„Der meint 10 Minuten bis zum Konsulat, wir fahren einfach hinterher! Moritz, jetzt haste dit bald jeschafft!"
„Ja Werner, vielen, vielen Dank", strahlte Moritz, „ich melde mich bei euch, wenn ich wieder zu Hause bin!"
„Klar, aber jetzt freu dir erst mal uff deine Familie!"

***

16:30 Uhr

Die Rückfahrt zum Ammersee war sehr ruhig. Jeder hing seinen Gedanken nach. Keiner konnte sagen, was demnächst alles auf sie zukam:

Wachte Ferdinand gesund auf? Anna war noch ganz erschüttert vom Anblick ihres Vaters, der reglos in seinem Bett gelegen hatte und an unzähligen Maschinen angeschlossen war.

Würde Moritz nach sechs Monaten tatsächlich wohlbehalten zurückkommen?

Was würde geschehen, wenn Moritz und Maximilian das erste Mal wieder aufeinandertreffen, und was passiert dann mit der Firma?

Vincents Handy schreckte alle aus der Stille.

„Moritz hat wieder angerufen, ich habe fast eine halbe Stunde mit ihm sprechen können!“

„Moment Fabienne!“

Vincent gab Anna das Handy, mit der Bitte den Lautsprecher anzustellen.

„Fabienne, jetzt hören wir dich alle, Elena ist auch im Auto.“

Fabienne jubelte am anderen Ende: „Moritz kommt morgen um 12.45 Uhr am Flughafen an.

Die Botschaft stellt ihm Papiere aus und hat ihm bereits den ersten möglichen Flug nach München organisiert. Es geht ihm gut! Er freut sich so!"

Anna und gleich darauf Elena klatschten, spontan und laut.

„Fantastisch, geil", rief Vincent zum Handy rüber, „wir sind in ca. 20 Minuten bei dir, bis gleich."

***

Zu Hause angekommen ging Elena erst einmal in ihre Wohnung, die in der Tassilo-Villa den größten Teil des Erdgeschosses ausmachte. Maximilian bewohnte das Obergeschoss, bis auf die zwei Gästezimmer und das Apartment von Vincent.

Anna und Vincent waren sofort zu Fabienne rübergerannt. „Sagt ihr bitte, dass ich später auch noch komme, ich muss mich etwas hinlegen", hatte Elena ihren beiden Kindern noch hinterhergerufen.

Dann ging sie in ihr Atelier mit der kleinen Terrasse zum See. Sie nahm die vermeintlichen Moritz-Bilder von den Wänden und von der Staffelei und trug sie einzeln hinauf. Die Tür zu Maximilians Wohnung war nicht verschlossen. Sie stellte ihm die sechs Bilder rund um seinen Fernseher ins Wohnzimmer.

Wieder in ihrer Wohnung machte Elena sich einen Kaffee und setzte sich im Atelier in ihren bequemen Lieblingssessel, knipste die Leselampe an und las zum wiederholten Male die Worte von Moritz. Den Brief hatte sie behalten.

Elena spürte, wie die Willenskraft langsam zu ihr zurückkam. Jetzt wo Ferdinand noch lange nicht einsatzbereit sein würde, Maximilian weiter verschwunden blieb – sie hatten mehrmals versucht sein Handy zu erreichen –, hatte sie das Gefühl, für ihre Familie stark sein zu müssen.

Moritz lebte und auch Ferdinand würde bestimmt wieder richtig gesund werden.

Jetzt hieß es, für alle da zu sein, damit die Familie zueinanderfinden kann. Maximilian würde die Bilder verkaufen und Moritz sollte zusammen mit Maximilian die Firma weiterführen, und zwar genauso erfolgreich und vertrauensvoll wie vor dem Schiffsunglück.

Für alles, was Max gesagt und getan hatte, gab es sicher eine Erklärung, auch wenn sie auf großen Fehlern beruhen sollte. Aber Fehler konnte man verzeihen. Sie würde versuchen die Gespräche der Brüder zu moderieren, damit beide über die letzten Monate hinwegkommen können. Ferdinand würde ihr sicher zustimmen. Die Harmonie der Familie war ihr jetzt das Wichtigste.

Sie kuschelte sich in ihren Sessel, schaute noch eine Weile auf die winterliche Abendstimmung des Ammersees und schlief ein.

***

21. Dezember

Maximilian schaute hinaus in die Finsternis. Hier in 800m Höhe schneite es schon die ganze Nacht.

Nach dem Brief von Moritz war er, ohne nachzudenken, in sein Auto gestiegen und wie in Trance nach Österreich in sein Apartment gefahren.

Als Moritz und er noch klein waren, hatten die Eltern ein altes Bauernhaus in den Kitzbühler Alpen gemietet. Das war nur eineinhalb Stunden vom Ammersee entfernt, und so konnten Elena und Ferdinand am Wochenende, so oft es ging, mit ihren Söhnen das Skifahren in den Alpen genießen. Als die Familie dann größer wurde, war das Bauernhaus zu klein geworden und man hatte es aufgegeben. Beide Brüder waren damals darüber sehr traurig gewesen. Maximilian hatte sich dann, in Erinnerung an die schöne Zeit, vor ein paar Jahren direkt im Skigebiet ein Apartment angemietet. Dort verbrachte er gerne, oft mit Freunden, einige Tage in der Skisaison.

Jetzt war es sein Zufluchtsort, um die Konfrontation mit der Familie zu vermeiden. Er musste nachdenken. Was sollte er jetzt machen?

Gestern Abend hatte er sich mit Whisky betäubt und war nach ein paar traumlosen Stunden mitten in der Nacht wieder aufgewacht. Seine persönliche Katastrophe stand immer noch, wie ein Gespenst, vor seinen eigenen Gedanken.

Er konnte es drehen und wenden, wie er wollte, mit Nachsicht und Verständnis konnte er nicht rechnen. Dass sein Bruder lebte, war ein Wunder und er war aus ganzem Herzen glücklich darüber und dankbar. Aber das würde ihm keiner mehr glauben.

An dem Missgeschick, das Moritz über Bord gegangen war, daran hatte er nicht wirklich schuld. Sein Bruder hatte bei dem Wendemanöver einfach nicht aufgepasst und das Gleichgewicht verloren.

Dass er ihn anschließend nicht finden konnte, ja, das war seine Schuld, weil er wohl einen Augenblick zu lange gewartet hatte.

Er war damals ohne Moritz nach Hause gekommen und hatte dann die Familie auch noch bewusst belogen. Jeder musste jetzt glauben, dass er, aufgrund der von ihm gekauften Bilder, seinen Bruder gar nicht finden wollte. Auch seine Geschichte, dass er unter Deck gegangen war und Moritz das Boot alleine gesteuert habe, klang jetzt wie die Vertuschung einer Straftat. Eine weitere Lüge, um jegliche Schuld von sich zu weisen.

Wenn er wenigstens dazu gestanden hätte, dass er die Bilder gekauft hatte, dann wäre heute alles nicht so schlimm. So aber hatte er den Tod seines Bruders akzeptiert und dazu benutzt, um sich selbst aus der Schusslinie zu bringen.

Verwerflicher konnte man gar nicht handeln. Er würde seine Familie verstehen, wenn sie zukünftig nichts mehr mit ihm zu tun haben wollte.

Aber das war doch alles nicht seine Absicht gewesen! Er war damals überzeugt, einen super Deal für die Firma und somit auch für die Familie eingefädelt zu haben. Warum hatte er eigentlich nie versucht den aktuellen Wert der Gemälde zu hinterfragen? Wollte er gar nicht mehr wissen, ob er Recht hatte? Da die Kunstwerke aber jetzt sowieso Elena gehörten, war es auch egal! Außerdem hätte er es nicht als seinen Erfolg präsentieren können, da es durch seine Lügen Moritz zugerechnet worden wäre.

Maximilian versank in einer lähmenden Trostlosigkeit. Seine Augen waren rot unterlaufen und er fühlte sich elend.

Was sollte er der Familie sagen? Er verfiel in ein Selbstgespräch:

„Ja, ich habe Moritz leider nicht gefunden, obwohl ich stundenlang hin und her gekreuzt bin und nach ihm geschrien habe. Die Wellen waren sehr hoch und auch der Hubschrauber und später die Rettungsboote waren erfolglos. Ich wollte meinen Bruder sicher nicht absaufen lassen, wie Moritz in seinem Brief geschrieben hat!

Warum ich den Unfallhergang falsch dargestellt habe?

Bei der Polizei im Hafengebäude war ich wirklich am Ende meiner Kräfte gewesen. Zu dem Zeitpunkt, als auch die Küstenwache ihn immer noch nicht gefunden hatte, musste man davon ausgehen, dass Moritz ertrunken war. Die wahre Geschichte war so unglaubwürdig! Ich konnte es ja selbst nicht fassen, dass ich ihn nicht gefunden hatte. Ich weiß auch nicht, ich wollte nicht schuld sein, auch später der ganzen Familie gegenüber nicht.

Warum ich in Bezug auf die Gemälde gelogen habe?

Weil ich Angst hatte, dass ihr alle wie Moritz reagieren würdet. Den Kauf der Gemälde Moritz anzuhängen war falsch, ich weiß, aber ich stand in dem Moment unter für mich nicht mehr zu bewältigendem Druck. Ich war für alle, unausgesprochen, Schuld an Moritz' Tod und nach der wahren Geschichte über die Gemälde wäre ich es erst recht gewesen. In meiner Verzweiflung war ich alleine, wen hätte ich ins Vertrauen ziehen können? Ich wollte, dass meine Familie mich nicht verstößt, sondern weiter in die Arme schließen kann.

Den Ausweg, den ich damals, nicht wirklich bei Sinnen, qualvoll gewählt hatte, basierte allerdings auf dem vermeintlichen Tod meines Bruders! Ein schrecklicher Fehler!"

Maximilian zog seine Winterstiefel an, nahm seine Daunenjacke und verließ das Apartment.

***

Elena wählte die Nummer des Klinikums. Nach einiger Wartezeit meldete sich Ferdinands behandelnder Arzt:

„Frau Tassilo, wann kommen Sie?"

„Herr Doktor, ich kann aus familiären Gründen erst heute Nachmittag in Rosenheim sein."

„Das ist nicht gut, Frau Tassilo, Ihr Mann braucht jetzt eine ihm sehr vertraute Person, wenn er aufwacht!"

„Herr Doktor, es geht wirklich nicht früher, glauben Sie mir bitte!"

„Na gut, wir werden die Aufwachphase verlangsamen, die ersten Stunden wird er wahrscheinlich noch nicht wirklich etwas registrieren können. Aber dann sollten Sie hier sein und mit ihm reden! Ach ja, wenn es möglich ist, bringen Sie doch Musik mit, die er mag, das kann auch helfen." „Danke Herr Doktor, ich beeile mich!"

Elena standen die Tränen in den Augen. Der Stress schien sie schon wieder zu überwältigen.

Sie hatte sich nachts noch in ihr Bett geschleppt. Zu Fabienne rüberzugehen, wie sie es versprochen hatte, dazu hatte sie keine Kraft mehr gehabt.

Morgens um 6.00 Uhr war sie hochgeschreckt und seitdem versuchte sie ihre Gedanken zu ordnen, wie sie diesen Tag bewältigen konnte. Sie hatte Vincent geweckt, um ihn zu bitten, sie um 10:00 Uhr mit seinem Wagen zum Flughafen zu fahren, um sie dann, nach Moritz' Ankunft, sofort weiter nach Rosenheim zu bringen: „Ich muss dringend im Krankenhaus anwesend sein, wenn Daddy aufwacht. Fabienne soll ihr Auto zusammen mit Anna nehmen und anschließend mit Moritz zum Ammersee fahren, okay!? Ich kann Moritz nicht mitnehmen, Dad darf sich nicht aufregen, sondern muss an alles ganz vorsichtig herangeführt werden, verstehst du Vincent!?"

„Klar, Mum, ich steh um 10:00 Uhr bereit!"

„Vincent, noch was, ich brauche deinen tragbaren CD-Player, aber bitte mit vollen Batterien oder dem Stromkabel. Ich soll Daddy seine Lieblingsmusik vorspielen."

Elena suchte jetzt die CD von Georges Moustaki, eine gemeinsame Erinnerung an die Île de Ré, und die Aufnahme der Berliner Philharmoniker von Sebastian Bachs AIR.

Sie packte eine kleine Tasche, auch mit ein paar Freizeitsachen für Ferdinand, was natürlich bestimmt noch viel zu früh war, nahm ihre Lieblingsbilder der Kinder vom Kaminsims und legte sie zusammen mit den CDs obenauf.

Kurz vor 10:00 Uhr setzte sich Elena mit einem Espresso in die Veranda und wählte Maximilians Handynummer: Sofort hörte sie ein sehr anrührendes, verzweifeltes „Mum!?".

„Max, na endlich, wo bist du denn?"

„Ich bin in Österreich."

„Maximilian, die Familie weiß Bescheid, komm bitte sofort zurück! Nein warte, komm heute Nachmittag, so gegen 15:00 Uhr ins Klinikum. Dad wacht auf und er braucht mich jetzt."

„Aber mich braucht er sicher nicht!", antwortete Maximilian mit zitternder Stimme.

„Max, ich muss mit dir reden, bevor du deinen Bruder triffst. Moritz landet heute Mittag in München. Er wird nicht ins Klinikum kommen. Fabienne und Anna fahren mit ihm zum Ammersee."

„Mum, hilf mir, ich weiß nicht mehr, was ich machen soll“, schluchzte Maximilian.

Elenas Stimme wurde weich und einfühlsam; das war plötzlich nicht mehr ihr erwachsener, selbstbewusster Sohn, der das Familienunternehmen leitete, sondern ihr kleiner Max, der Hilfe brauchte: „Max, wir lösen das Problem, vertrau mir, komm bitte.“

Maximilian flüsterte noch irgendetwas Zustimmendes und legte auf.

„Mum, wir können“, rief Vincent von der Treppe.

Elena lehnte sich in ihrem Sessel zurück, atmete tief durch und schloss die Augen.

„Ich komme!“ Sie stemmte sich hoch, nahm die Tasche und folgte ihrem Sohn zum Wagen.

***

„Liebe Fluggäste, hier spricht Ihr Kapitän“, hörte man eine sonore, sehr vertrauenserweckende Stimme, „ich hoffe, Sie fühlen sich wohl und genießen unseren Service. Wir befinden uns z. Zt. in 10.000 m Höhe und überfliegen gerade die französischen Seealpen. Wir werden pünktlich in München landen. Leider konnten wir das schöne Wetter aus Marokko nicht mitnehmen. In München sind es nur 1 °C plus und es ist bedeckt. Ihnen noch eine schöne Zeit an Bord und lassen Sie sich von unserer Crew verwöhnen.“

Moritz legte die Süddeutsche Zeitung zur Seite, aus der er bis jetzt alles gierig aufgesogen hatte; die ersten Nachrichten seit einem halben Jahr; für ihn fast wie ein spannender Science-Fiction Roman.

Er schaute aus dem Fenster und war glücklich. Bald war er wieder zu Hause. Vor zwei Tagen hauste er noch in der Berghütte, ohne Aussicht auf ein Ende der Tortur. Es war unglaublich!

Da der deutschen Botschaft in Rabat, unabhängig von Vincents Entführungsmeldung, schon seit Juli eine internationale Vermissten-Meldung vorlag, hatte Herr Altinger alles bereits in die Wege geleitet. Einfach fantastisch! Moritz musste noch ein knappes Protokoll der letzten 6 Monate abgeben, damit das Konsulat später die marokkanische Polizei informieren könnte.

Die Namen seiner Entführer hatte er als nicht bekannt angegeben. Er wusste ja auch nur die Vornamen. Auch seine Ortsangabe blieb mit – irgendwo in den Bergen über Sidi Ifni – sehr ungenau. Immerhin hatten sie ihm das Leben gerettet! Und Geld hatte sie auch keins bekommen. Moralisch nicht korrekt, aber er fühlte sich so wohler. Hirten wie Youssef und Said waren eh nur die armen Schlucker am Ende der Aktionskette.

Zum wiederholten Male dachte er jetzt über das Telefongespräch mit Fabienne nach: Warum hatte Maximilian der Familie diese ganzen Lügen aufgetischt? Es konnte einfach nicht wahr sein, dass er ihn tatsächlich bewusst hatte ertrinken lassen. Wegen dieser verfluchten Bilder bringt man doch seinen Bruder nicht um. Hatte Maximilian nach seinem Sturz ins Meer spontan diesen Plan geboren und umgesetzt? Dann die Lüge über den Unfallhergang? Damit er seine Hände in Unschuld waschen konnte? Und nachdem sein Bruder beseitigt war, konnte er ihm auch noch die Bilder in die Schuhe schieben. Das war brutal! Moritz konnte Fabienne verstehen, dass sie Maximilian hasste, nachdem sie das alles erfahren hatte. Er selbst schaffte es immer noch nicht. Die wahren Hintergründe konnten doch nicht so berechnend und unmenschlich sein!? Monatelang hatte er die Situation auf See immer wieder von allen Seiten durchdacht und versucht zu verstehen.

Die Wellen waren sehr hoch gewesen und von ihm konnte man im Wasser nur den Kopf sehen; kein wirklich großes Ziel für einen Suchenden. Dass Max ihn nicht gefunden hatte, war tragisch, aber möglich. Aber dann gegenüber der Familie zu behaupten, er habe Maximilian überredet die Bilder zu kaufen und dann später mit der Geldforderung für das China-Projekt die ganze Firma zu gefährden, war tatsächlich unverzeihlich!

Moritz hatte keinerlei Idee, wie das jetzt zu Hause und mit der Firma weitergehen würde.

Er lehnte sich zurück und schaute in den mittlerweile grauen Winterhimmel.

Er war frei, gesund und würde gleich Fabienne wieder in die Arme nehmen können.

Mehr Glück sollte man im Moment nicht verlangen.

***

Ein tief braungebrannter Riese mit wilden Locken schaute hektisch suchend über die Köpfe der anderen Reisenden.

Konnte das wirklich Moritz sein?

Doch dann trafen sich die Blicke. Als Moritz Fabienne, Elena, Vincent und Anna erkannte, lief er los, rannte einen kleinen Asiaten fast über den Haufen und erreichte glücklich lachend seine Familie.

Die nächsten Minuten versanken in Freudentränen und in unzähligen immer wiederkehrenden Umarmungen. Fabienne und Moritz schienen gar zu einer liebenden Einheit zu verschmelzen.

Die Familie hatte sich dann auf einer Sitzgruppe im Ankunftsbereich niedergelassen.

Elena bat lachend um das Wort: „Moritz, ich fahr jetzt zu Dad nach Rosenheim. Er wacht heute aus dem Koma auf und ich muss dann bei ihm sein. Er weiß natürlich noch nichts von den Ereignissen der letzten Tage. Da er, gemäß den Ärzten, am Anfang auf keinen Fall Stress haben darf, werde ich erst mal alleine bei ihm sein. Wenn einem sein eigener Sohn nach 6 Monaten wieder geschenkt wird, ist es zwar verrückt, ihn gleich wieder verlassen zu müssen, aber Mo, ich habe im Moment wirklich keine andere Wahl!“ Tränen schossen ihr wieder in die Augen.

Moritz stand auf, nahm seine Mutter in den Arm und flüsterte ihr ins Ohr: „Sag Daddy, dass ich ihm für alles danke und ich mich so sehr freue ihn bald wiederzusehen. Es ist so schön wieder bei euch zu sein!“

Vincent sprang auf, umarmte auch seinen Bruder erneut und verließ mit Elena, die sich sehnsuchtsvoll noch mal zu Moritz umdrehte, den Flughafen.

***

Vincent setzte Elena vor der Klinik ab und fuhr sofort zurück zum Ammersee zu Moritz.

Elena würde die nächsten Tage in Rosenheim bleiben. Sie hatten vereinbart, dass sie Bescheid gibt, wenn Ferdinand so weit ist, dass alle kommen können.

Nachdem Vincent weg war, suchte sie Maximilians Auto, konnte es aber nicht entdecken.

Maximilian wartete in der Eingangshalle. Elena umarmte ihren Sohn und setzte sich mit ihm auf eine nahe Besucherbank.

„Moritz ist wieder da", freute sich Elena strahlend. Maximilian hielt seinen Blick gesenkt und nickte.

Elena setzte sich jetzt Maximilian gegenüber und hob sanft seinen Kopf: „Max, schau mich bitte an und erkläre mir den Brief von Moritz."

„Moritz ist bei einem Wendemanöver über Bord gegangen. Er war unvorsichtig und hatte sich nicht festgehalten. Es herrschte hoher Wellengang und ich musste kreuzen und brauchte einige Zeit, um zu der Stelle zurückzukommen, an der er ins Wasser gefallen war. Zumindest wo ich es glaubte.

Da war er nicht mehr! Die Wellen waren verdammt hoch und es war schwer überhaupt etwas zu erkennen. Ich habe dann sofort die Segel runtergeholt und auf Motor umgestellt, um besser suchen zu können. Aber ich habe ihn unbegreiflicher Weise nicht finden können!? Ich habe seinen Namen gerufen, geschrien und gefühlte Stunden das Meer abgesucht. Ich wollte sicher nicht, dass er ertrinkt! Es war schrecklich!

Das ich ihn nicht gefunden habe war so unfassbar und, wie ich fand, auch unglaubwürdig. Ich hatte Angst, dass ihr euch nach der wahren Geschichte, weil ihr sie nicht glauben konntet, von mir abwendet.

Deshalb habe ich euch angelogen."

„Und die Gemälde?", fragte Elena, während sie in Maximilians um Verständnis bittende Augen schaute.

„Das mit den Bildern war eine Idee von mir, um in relativ kurzer Zeit ein Vermögen für die Firma verdienen zu können. Nur die Reaktion von Moritz war so entsetzlich negativ, dass ich fürchtete, dass ihr, vor allem Ferdinand, vielleicht auch so dachtet. Was sich später ja auch bestätigt hat.

Wieder hätte jeder gedacht, dass ich ihn gar nicht finden wollte.

Mum, ich war verzweifelt und wollte eure Liebe nicht verlieren. Es war entsetzlich falsch!

Ich weiß. Aber ich kann es nicht mehr rückgängig machen."

Elena nahm beide Hände von Maximilian: „Max, wir werden versuchen, das alles zu verstehen. Aber du musst Geduld haben. Lass auch Moritz genügend Zeit, über deine Beweggründe nachzudenken. Am Ende bleiben wir eine Familie, die auch diesen Sturm überstehen wird.

Ich bitte dich, noch ein paar Tage in Österreich zu bleiben, damit ich Moritz und Ferdinand davon überzeugen kann, die Umstände aus einer etwas anderen Perspektive zu betrachten. Du kannst mich jederzeit auf dem Handy erreichen, okay!? Ich ruf dich an, wenn ich mit beiden gesprochen habe."

Elena stand auf: „Lass dich umarmen, Großer, ich muss jetzt zu Dad!"

Sie wartete, bis Maximilian am Ausgang der Klinik war. Als er sich noch mal zu ihr umdrehte, winkte sie ihm aufmunternd zu.

***

Die romantischen Klänge von Georg Moustakis Ma Solitude erfüllten das Krankenzimmer.

Ferdinand, der immer noch an die Beatmungsmaschine angeschlossen war, schlief noch.

Elena saß auf der Bettkante, um seine Hand halten zu können. Sie beobachtete seine Augenlider und wartete auf die ersten Regungen.

Eineinhalb Stunden später, Elena war erschöpft eingenickt, fuhr sie aus ihrem sitzenden Schlummer und war sofort wieder hellwach: Seine Finger hatte sich in ihrer Hand bewegt. Er öffnete seine Augen einen kleinen Spalt, was bei Elena einen ungewollten Freudenschrei auslöste, bei Ferdinand aber zu keiner weitergehenden Reaktion führte.

Die Ärzte und Pfleger erschienen immer wieder, um die Geräte zu überprüfen, an die Ferdinand noch angeschlossen war.

Erst spät in der Nacht hatte Elena das Gefühl, dass Ferdinand sie vielleicht erkannt hatte. Seine Augen folgten ihr. Aber auf das erste Wort würde sie, allein auf Grund der Beatmungsmaske, wohl noch lange warten müssen. Sie entschied sich für den einseitigen Dialog, in der Hoffnung, dass er sie hören konnte. Elena erzählte Ferdinand über Stunden alle Einzelheiten der letzten Wochen:

über seinen Absturz, die Operationen im Klinikum, dass Vincent und Anna, die sofort aus Kanada angereist war, den Brief im Flugzeugwrack gefunden hatten, über Moritz' Flucht und die Hilfe der Deutschen Botschaft und das Mo als braungebrannter Wilder schon wieder wohlbehalten am Ammersee war. Die Situation mit Maximilian ließ sie aus, weil sie selbst noch nicht wusste, wie sie damit umgehen sollte.

August 2007

E-MAIL:

„Liebe Kinder,
ich muss euch bitten, sofort nach Pürgg zu kommen.
Elena hatte einen weiteren Herzinfarkt.
Es geht ihr sehr schlecht!

Lasst alles stehen und liegen: Eure Mum braucht euch jetzt!

Nicht anrufen, es hilft ihr nicht.

Kommt einfach, bitte.

Gute Reise
Daddy“

Elena hatte das letzte halbe Jahr gekämpft wie eine Löwin. Sie hatte Ferdinand ganz langsam ins Leben zurückgeführt und gleichzeitig versucht ihre Söhne wieder zusammenzubringen.

Ferdinand war wieder der Alte, voller Tatendrang und körperlich fit.

Maximilian und Moritz hingegen fanden keine vernünftige gemeinsame Basis.

Moritz konnte seinem Bruder nicht verzeihen, dass er ihn vor der ganzen Familie und in der Firma – dort war es wohl auch schnell durchgesickert – als unverantwortlichen Zocker hingestellt hatte. Eine gigantische Lüge, die die Wahrheit um 100% verdreht hatte.

Auch hatte Maximilian den Kontakt zum Außenministerium und zu den chinesischen Partnern nicht weitergeführt. Moritz hatte versucht das Ganze wieder zu aktivieren, was aber noch nicht gelungen war, da der ursprüngliche Standort nicht mehr zur Verfügung stand.

In seinen Augen hatte Maximilian erst ihn und dann auch das Chinaprojekt einfach begraben.

Er wollte und konnte mit Maximilian partnerschaftlich nicht mehr zusammenarbeiten!

Maximilian, der dem Ganzen keine Rechtfertigung entgegensetzen konnte, zog sich zurück und verkapselte sich vollständig.

Vincent schlug sich voll auf die Seite von Moritz und auch James und Anna korrespondierten nicht mehr mit Maximilian.

Elena versuchte in dieser Zeit Ferdinand aus dem Drama herauszuhalten, um ihn zu schonen, was natürlich nicht gelang. Irgendwann hatte sie dann resigniert.

Ferdinand, der sich schon Ende Februar kräftig genug fühlte, um in dem Konflikt zu vermitteln, tendierte anfangs auch mehr zu Moritz, weil der Vertrauensverlust zu Maximilian doch sehr hoch war. Zudem überwogen natürlich auch die Wiedersehensfreude und die Gewissheit, dass Moritz stets im Sinne der Firma gedacht hatte.

Aber die langen Gespräche, die erst Elena alleine mit beiden geführt hatte und später dann zusammen mit Ferdinand, brachten keine Einigung:

Moritz blieb unversöhnlich und bestand darauf die Führung der Firma alleine zu übernehmen, verlangte, dass Maximilian die Bilder sofort verkaufen müsse und ansonsten, wenn es denn tatsächlich sein muss, er sich maximal mit verwaltungstechnischen Aufgaben befassen könne.

Maximilian, der den schwindenden Rückhalt in der Familie deutlich spürte, hatte noch mehrmals versucht seine damalige Situation zu beschreiben und seine spontanen Entscheidungen zu erklären, mit der Bitte um Verzeihung und mit der Einsicht, dass sie falsch waren. In seinen Augen, mit Ausnahme von Elena, ohne jeden Erfolg. Maximilian zog Mitte April seine Konsequenzen, verließ die Tassilo-Villa und zog in eine kleine Wohnung in München. In der Firma erschien er nicht mehr.

Elena war erschöpft und sah ein, dass eine Versöhnung zwischen ihren beiden Söhnen nicht möglich war. Ihre im Dezember wiedergewonnene Energie schien verloren. Sie fiel zurück in ihre Traurigkeit und entfernte sich erneut aus dem täglichen Geschehen.

Ferdinand war sehr besorgt und versuchte immer wieder auf Moritz einzuwirken. Er war mittlerweile über die Sturheit seines zweitältesten Sohns mehr als verärgert. Nicht nur, dass die Familie zerrissen wurde, auch das Image der Firma war auf Grund der Auseinandersetzungen angeschlagen. Maximilian, der seine Aufgaben stets gegenüber den Kunden professionell und erfolgreich erledigt hatte, war plötzlich nicht mehr erreichbar. Als Begründung wurden den Geschäftspartnern familiäre Gründe genannt, ohne natürlich näher darauf einzugehen.

Im Juli erhielt Moritz dann ein Schreiben von Maximilians Anwalt in München, mit der Forderung, für ihn die sofortige gleichberechtigte Führung der Firma wieder zu gewährleisten. Sollte das nicht umgehend geschehen, forderte Maximilian seine Anteile an Tassillo in bar!

Ferdinand hatte 2004 das Unternehmen zu gleichen Teilen an Maximilian und Moritz übertragen. Verpflichtend waren eine Einmalzahlung und eine monatliche Firmenrente als Alterssicherung für Elena und ihn.

Anna war über die Unternehmenskonstruktion in Kanada ausreichend abgesichert.

Für Vincent, der jetzt auch bei Tassilo mitarbeitete, mussten Firmenanteile nach und nach entsprechend übertragen werden. Es war für alle gesorgt gewesen!

Aber jetzt war Ferdinands Lebenswerk tatsächlich in Gefahr. Diese Auseinandersetzungen würde das Unternehmen nicht überleben können.

Elena, die nicht mehr die Kraft besaß, die permanenten Hass- und Zerstörungsaktionen ihrer Söhne zu ertragen, hatte die Tassilo-Villa verlassen und war nach Pürgg gezogen. Ferdinand blieb am Ammersee und versuchte durch weitere Gespräche, die Katastrophe noch abzuwenden.

Doch der Anruf aus Österreich stellte dann alles in den Schatten!

Elena war alleine im Bauernhaus zusammengebrochen, hatte aber selbst noch die Rettung rufen können. Sie lag jetzt in Schladming im Krankenhaus. Vier Stunden nach dem Anruf war Ferdinand in der Steiermark und saß neben seiner geliebten Frau und kümmerte sich ab sofort nur noch um sie.

Fünf Tage später und nach intensiven Untersuchungen der Ärzte konnte Ferdinand dann endlich Elenas Wunsch erfüllen, sie ins Bauernhaus in ihr eigenes Bett zu bringen.

***

Alle waren gekommen, sogar Anna und James hatten sich sofort in Vancouver in den Flieger gesetzt und ihren erst 4 Monate alten Constantin mitgebracht. Sie wohnten im Bauernhaus, in dem auch Vincent noch Platz fand.

Moritz, Fabienne und Matheo, der schon Ferien hatte, quartierten sich in einer nahegelegenen Pension ein.

Maximilian stieg in einem möblierten Zimmer des Hausmeisterehepaars ab, die bereits Freunde der Familie waren und schon viele Jahre das Bauernhaus betreuten.

In dem kleinen verschlafenen Bergdorf kehrte plötzlich wieder Leben ein.

Zum Frühstück fanden sich alle auf der Terrasse ein oder, je nach Wetter, in der großen Essküche. Elena erholte sich zusehends. Die ersten Tage verbrachten sie zusammen oder einzeln an ihrem Bett. Große Freude hatte Elena am Anblick von Constantin und als Anna ihr den kleinen Sohn in den Arm legte, kehrte auch bei ihr eine lebensbejahende Zuversicht zurück. Sie interessierte sich für alles, was die junge Familie in Vancouver erlebte und vorhatte. Elena versprach bald mal wieder nach Kanada zu kommen. Sie glaubte es zwar selbst nicht, aber der Gedanke daran war schön.

Ferdinand, der fast den ganzen Tag bei Elena verbrachte, wollte, dass sie sich mehr schone und die Gespräche mit ihren Kindern auf ein paar Tage verteilen sollte:

„Ferry, die Gespräche geben mir Kraft, glaub mir das. Ich spüre, dass ich in meiner jetzigen Situation, wo alle glauben, dass ich vielleicht nicht mehr lange lebe …"

„Elena", protestierte Ferdinand, „bitte rede nicht so einen Unsinn!"

„Ferry, mir geht es viel besser und ich werde meinen ‚Zustand' dafür nutzen, unsere Söhne wieder zusammenzubringen. Bist du so lieb und bittest Max und Mo, sie möchten zu mir kommen, und zwar gemeinsam. Ich möchte mit ihnen reden!"

Die beiden großen Tassilos beugten sich durch die nur 1.90 m hohe Holztür in Elenas Zimmer.

Sie wirkten eingeschüchtert und blickten traurig zu ihrer Mutter.

Elena saß aufrecht im Bett und bat ihre Söhne sich ihr gegenüber zu setzen.

„Max, Mo, hallo ihr beiden, danke, dass ihr zusammen gekommen seid. Ich werde keine Diskussion mit euch anfangen, versprochen! Ich bitte euch nur, mir zuzuhören."

Beide nickten kaum merklich, aber zustimmend, ohne ein Wort zu sagen.

Elena ließ sich Zeit und schaute leicht lächelnd ihren Söhnen intensiv in die Augen. Dann begann sie langsam und betont:

„Als ihr auf die Welt kamt, war das für Ferdinand und mich die Erfüllung all unserer Wünsche.

Wir hatten schon auf der Île de Ré – ihr kennt die Geschichte – in den Dünen gelegen und uns ausgemalt, wie unsere Kinder wohl einmal aussehen werden. Ich wollte immer, dass unser Nachwuchs die dunklen Locken eures Vaters bekommt; damals hatte er sie noch“, schmunzelte Elena, „und bei Buben natürlich seine Größe. Als das dann tatsächlich auch eingetreten ist, war ich die glücklichste Mutter überhaupt.

Ich habe euch in Liebe auf die Welt gebracht und versucht diese Liebe an euch weiterzugeben.

Das heißt, dass ihr behütet aufwachst und spürt, dass wir eine Familie sind, die aufeinander aufpasst und füreinander da ist. In den ersten Jahren und auch danach ging es um kleine Probleme, die wir gemeinsam bewältigt haben. Niemals musste einer von euch das Gefühl haben, im Stich gelassen zu werden. Und genauso habt ihr beide zusammengestanden! Ihr wart ein tolles Team, auf das Ferdinand und ich immer stolz gewesen sind.

Jetzt scheint ihr dieses Familienglück verloren zu haben!?

Die Gründe haben wir schon zu oft diskutiert. Ich selbst hatte schon aufgegeben, für euch beide wieder eine Gemeinsamkeit zu finden. Aber ich bin zu der Erkenntnis gekommen, dass das Leben, das ich euch geschenkt habe, zu kostbar ist, um es mit so viel Hass und Trauer zu vergiften.

Ich weiß nicht, ob ich noch Tage, Wochen oder Monate an eurer Seite sein darf, aber ich bitte euch, vertragt euch und findet zusammen zurück in die Familie. Bitte versprecht mir, es zu versuchen! Ich bin sicher, dass man immer eine Lösung finden kann, wenn man es wirklich will.

Es ist vielleicht der letzte Wunsch eurer Mutter, aber es ist der wichtigste in meinem Leben.

Ihr seid die Zukunft, die Ferdinand und ich immer vor Augen hatten, vom ersten Augenblick unserer Liebe an. Gebt mir diesen Sinn meines Lebens wieder zurück, bitte!“

Elena betrachtete ihre Söhne und schwieg. Moritz und Maximilian blickten zu Boden. Nachdem die Stille anhielt, hoben sie den Kopf und schauten zu Elena. In den Blicken beider erkannte man die große Liebe, die Zärtlichkeit und die Sehnsucht zu ihr.

„Kommt jetzt zu mir und lasst euch drücken.“

Weinend umarmten Maximilian und Moritz ihre Mutter und verließen lautlos das Zimmer.

25. August 2007

Es war der zehnte gemeinsame Tag in Pürgg.

Elena saß mit am rustikalen Holztisch. Es ging ihr schon viel besser und sie freute sich über die rege Unterhaltung ihrer großen Familie. Vor allem, dass Maximilian integriert wurde.

Der Jogltisch kam mit den 9 Personen langsam an die Kapazitätsgrenze. Constantin lag in der alten Holzwiege neben dem Kachelofen und schlief. Vincent hatte im Krämerladen am Dorfplatz alles Nötige bekommen, damit man das erste gemeinsame Essen als ein kleines Festmahl gestalten konnte. Jeder half mit und Ferdinand sprühte vor Anekdoten und schien richtig glücklich zu sein über diese unerwartete Harmonie der Familie.

Als Moritz dann Maximilian auch noch fragte, ob er Lust hätte, heute mit ihm über die Himmelsleiter zum Grindlhorn zu steigen, und Max erfreut zustimmte, nahm Elena Ferdinands Hand und drückte sie euphorisch, während sie sich freudig erregt weiter an den Gesprächen beteiligte.

***

Die Brüder gingen vom Hauptplatz die steile Straße hinauf und dann weiter hoch zum Schwimmbad. Moritz trug eine kurze steirische Lederhose und ein grünes

Trachtenhemd. Maximilian hatte sich für die dreiviertellange Hirschlederne entschieden und ein an den Armen hochgekrempeltes Hirtenhemd, zudem einen kleinen Rucksack und einen Bergsteigerhut. Als Wanderstöcke benutzten sie die alten, vom Opa Gilbert selbstgeschnitzten aus Kastanienholz: Zwei zünftige, groß gewachsene Burschen waren auf dem Weg zum Gipfel.

Der Wanderweg führte jetzt hinauf in den Wald und das verträumte Pürgg, das Kripperl der Steiermark, entfernte sich immer mehr.

„Hast du schon eine Reaktion vom Auktionshaus bezüglich der Bilder?“, fragte Moritz.

„Die haben die Originale bereits geprüft und geben mir bis Anfang September eine Einschätzung über die zu erzielenden Verkaufspreise.“

„Wie viel hast du ursprünglich für die Bilder eigentlich genau bezahlt?“

„Genau € 3,85 Millionen, inkl. der Gebühr für das Auktionshaus.“

„Was für ein Gefühl hast du?“

„Wir werden Gewinne machen!“, antwortete Maximilian, während er sich seinem Bruder zuwandte.

Moritz, der weiter geradeaus schaute und sich auf den Weg zu konzentrieren schien, murmelte kaum verständlich: „Hoffentlich!“

Keiner von beiden wollte dieses Thema jetzt weiter diskutieren.

Sie folgten dem Wegweiser „Himmelsleiter – Grindlhörndl – Dachsteinblick".

„In der alten Geschichte von Opa Gilbert kam doch auch eine Himmelsleiter vor, oder!?", glaubte Maximilian sich zu erinnern.

„Ja, in der Sage vom Herzog Tassilo und der Linde in Wessobrunn", sagte Moritz etwas kurzatmig, da der Waldpfad gerade steil nach oben führte.

„Vielleicht ist das ein Zeichen: Tassilo hat eine Quelle gefunden und wir finden wieder das Vertrauen zueinander!"

„Du meinst, ich finde wieder das Vertrauen zu dir!?"

„Ja."

Nach ein paar Minuten des Schweigens drehte sich Moritz während des Gehens zu Maximilian um: „Wie stellst du dir denn jetzt die weitere Zusammenarbeit vor?"

„Na so wie es war!", erwiderte Maximilian, „der Erlös aus den Bildern fließt in die Kasse der Firma. Du kümmerst dich wieder um den Vertrieb und, wenn es sein muss, auch um dein China-Projekt und dann wird alles genauso erfolgreich weiterlaufen wie in der Vergangenheit."

„Was heißt, wenn es sein muss?", fragte Moritz gereizt, „natürlich muss es sein, nur leider werde ich erst mal einen neuen geeigneten Standort finden müssen. Ihr habt euch ja nicht darum gekümmert."

„Okay Moritz, lass uns nicht wieder das alte Fass aufmachen. Du investierst in China und ich werde dich unterstützen, in der Hoffnung, dass du Recht hast!"

„Wenn du mit den Bildern Verluste machst, dann zahlst du das mit deinen Anteilen, das ist dir hoffentlich klar", blieb Moritz in seiner etwas aggressiven Tonlage.

„Wenn ich Gewinne mache, bekomme ich dann Anteile von dir?"

„Max, rede keinen Unsinn, hoffe einfach, dass es gut geht! Wir setzen uns zukünftig einmal im Monat zusammen und gehen alle Aktivitäten gemeinsam durch! Bis du damit einverstanden?"

„Du musst dich mit München um fünf Geschäftsstellen kümmern und dann noch China. Du wirst dazu gar keine Zeit haben! Aber einverstanden, immer am Ersten des Monats treffen wir uns zum Meeting."

„Du weißt, dass ich das alles hauptsächlich Mum zuliebe mache!"

Maximilian verdrehte leicht die Augen: „Moritz, du machst es auch zum Wohle der Firma! Zusammen sind wir richtig gut, und das weißt du!"

„Vergiss Vincent nicht. Wir werden ihn in den nächsten Monaten richtig einarbeiten. Ein halbes Jahr bei dir in der Zentrale und danach nehme ich ihn unter meine Fittiche, bis wir für ihn das richtige Aufgabengebiet gefunden haben."

„Okay!“

Vor ihnen erschien die Himmelsleiter, eine lange Holztreppe mit Holzgeländer. Danach stiegen sie weiter den Wald hinauf, passierten eine steil abfallende Felswand und erreichten schließlich eine wunderschöne Almwiese.

„Lass uns hier mal etwas trinken“, schlug Maximilian vor. Beide setzten sich auf einen Baumstamm am Wegesrand. Max öffnete seinen Rucksack und nahm zwei kleine Bierflaschen heraus, die in einer Gefrierummantelung steckten. „Genial, wo hast du denn die Kühlmäntel her“, freute sich Moritz. „Die hab ich schon seit Jahren beim Wandern dabei. Gab es irgendwann mal in einem Outdoor-Laden.“

Sie genossen das herrlich kühle Getränk und die Aussicht auf die wunderschöne Pürgger Bergwelt.

Dann ging es weiter bergauf. Nach einem Schild „Grindlhörndl – 30 Min.“, folgte ein steiler Steig bis zu einer im Fels montierten Leiter.

„Gleich sind wir da“, ermunterte Moritz seinen Bruder, der etwas zurückgeblieben war und schwer atmete. „Meine Kondition war auch mal besser“, lachte Maximilian.

Nach einem weiteren kurzen Anstieg erreichten sie das 1.259 m hohe Grindlhorn. Der Ausblick war fantastisch. Sie standen auf dem Gipfelplateau und blickten über die Schlucht auf das gigantische Bergmassiv des Grimmings, der sich nun vor ihnen mit seinen 2.300 m majestätisch erhob.

Das Gipfelkreuz war durch einen kleinen Einschnitt vom Plateau getrennt und stand direkt am Rand des steil abfallenden Felsens. Maximilian und Moritz bewegten sich vorsichtig auf den Felsvorsprung. Das hölzerne Kreuz war von der Spitze her mit 4 Stahlseilen im Stein verankert. Nach Übersteigen der Seile hielten sie sich am vertikalen Stamm und der Holztafel fest. Sie hatten es geschafft.

Moritz schaute zu Maximilian und bemerkte, dass er Tränen in den Augen hatte:

„Was ist los Max?"

„Du weißt gar nicht, wie unendlich froh ich bin, dass du damals überlebt hast und jetzt wieder an meiner Seite bist. Mo, du wirst sehen, es wird alles gut!"

„Wir werden es versuchen", antwortete Moritz, während er in die Ferne blickte.

Maximilian hangelte sich um das Kreuz herum und wollte Moritz in den Arm nehmen.

Moritz, der von dem Gefühlsausbruch seines Bruders überrascht wurde, reagierte spontan abwehrend und entzog sich der Umarmung, indem er Maximilian mit dem Arm auf Distanz hielt.

Maximilian, der damit nicht gerechnet hatte, musste einen Schritt zurücktreten, fand mit dem linken Schuh auf einer leicht abschüssigen Felskante keinen Halt und verlor das Gleichgewicht.

Während Maximilian, mit den Armen in der Luft rudernd, nach hinten kippte, schaute Moritz, vergeblich noch nach ihm greifend, wie in Zeitlupe, in die ungläubig fragenden, in Todesangst aufgerissenen Augen seines Bruders, der ohne ein Wort in der Tiefe verschwand.

Jetzt schrie Moritz wie ein Verrückter, ein immer wiederkehrendes, verzweifeltes und herzzerreißendes: „Nein, Nein, Nein“, das gespenstisch von den Felswänden widerhallte. Er warf sich auf den Bauch, robbte, weiter schreiend, zur Felskante und versuchte unten in der Schlucht etwas zu erkennen. Aber der Abgrund war unendlich tief, zu tief.

Dann war es still.

Moritz blieb, vor Entsetzen unbeweglich, ein paar Minuten liegen, kroch dann zurück zum Plateau und setzte sich heftig weinend ans Gipfelkreuz: „Max, komm wieder her, bitte! Ich war so erschrocken, ich wollte dich nicht zurückstoßen! Glaub mir, du bist doch mein Bruder. Maximilian, bitte!“

Moritz starrte noch eine Weile vor sich hin, dann kramte er sein Handy aus der Tasche und wählte Ferdinands Nummer:

„Mo, wo seid ihr?“

„Daddy … Daddy …“, schrie Moritz jetzt hysterisch ins Telefon:

„Max ist gesprungen!“

***

München, den 4 September 2007

„Auktionshaus im Lehel

Sehr geehrter Herr Tassilo,

vielen Dank für das uns entgegengebrachte Vertrauen.

Nach eingehender Prüfung der von Ihnen uns zur Verfügung gestellten Gemälde können wir Ihnen hocherfreut mitteilen, das Sie unserer Einschätzung nach, auch schon bestätigt durch mehrere Anfragen bei potentiellen Interessenten, bei einer Versteigerung in unserem Hause mit einem Verkaufspreis von mindestens € 7,0 Mio. rechnen können.

Wir gratulieren!

Die genaue Zuordnung und Aufteilung auf die Gemälde entnehmen Sie bitte der Anlage.

In Erwartung Ihres Auftrages verbleiben wir

mit freundlichen Grüßen

Ihr Auktionshaus im Lehel"

Ein Tag im Herbst

Es waren unzählige kleine Boote, die harmonisch im Wasser beieinanderlagen und sich leicht schaukelnd berührten. Die einen in leuchtenden Farben, andere in dezenteren Tönen.

Bei manchen waren die Farben schon alt und spröde, aber man konnte noch gut ihre vergangene Pracht erahnen, wieder andere waren zum wiederholten Male überstrichen worden.

Jedes dieser Boote hatte seine eigene Geschichte, zum Teil noch frisch und jung, wahrscheinlich gut gerüstet für die zukünftigen Aufgaben. Die älteren, erprobt und zuverlässig, zum Teil aber auch bereits vernachlässigt und nur noch selten benutzt.

Es war ein wunderschöner, aber auch schmerzhafter Moment, das Leben in seiner Vielfalt im Licht der untergehenden Sonne, in all seinen Farben und Schattierungen, noch mal vorbeiziehen zu sehen.

Ferdinand legte den Arm um Elena und zog sie dicht zu sich heran. Sie erwiderte seine wohltuende und so sehr geliebte Umarmung und folgte seinem verschleierten Blick aufs Meer.

Sie hatte keine Tränen mehr.

Epilog

★ Maximilian wurde in Pürgg neben seinen Großeltern begraben.

★ Ferdinand und Elena verkauften das alte Bauernhaus und übersiedelten auf die Île de Ré.

★ Moritz und Vincent führten weiter die Firma. China wurde fallen gelassen. Stattdessen konzentrierte man sich, mit wachsendem Erfolg, auf „Made in Germany".

★ Anna, die ihre Eltern mindestens einmal im Jahr auf der französischen Atlantikinsel besuchte, brachte im August 2009 noch eine kleine Tochter, Leonie, zur Welt.

★ Vincent blieb überzeugter Junggeselle, hatte die Bavaria nach St. Martin überführt und genoss so sehr oft das Zusammensein mit Mum und Dad.

★ Die Kontakte von Elena und Ferdinand zu Moritz und seiner Familie beschränkten sich auf Weihnachts – und Geburtstagsgrüße. Die Zweifel am Geschehen im August 2007 in Pürgg waren einfach zu groß.

Der Autor

Andreas Finke wurde 1952 in Berlin geboren, wuchs aber in Köln bzw. im Bergischen auf und machte eben in Köln auch sein Abitur. Danach studierte er an der TU Berlin, mit Abschluss als Diplom-Wirtschaftsingenieur. Im Anschluss daran arbeitete er für zwei deutsche Großbanken. Seit 2010 ist er selbstständiger Unternehmensberater. Privat führt er seit 1976 eine glückliche Ehe, 2 Töchter. Er ist ein aktiver sportlicher Mensch und liebt es zu reisen.

Während seiner selbstständigen Tätigkeit entdeckte er seine Liebe zum Schreiben. Daraus ist jetzt der Roman „Tassilo – Die Launen des Lebens" hervorgegangen. Hier kommt ihm seine Lebenserfahrung zugute und er weiß, wie schnell sich Lebenssituationen ändern können.